PASSIONS DU SUJET

ISBN 2-7152-1637-8

26, rue de Condé - 75006 Paris
Imprimé en France

PRÉFACE

Un fil rouge relie les cinq études qu'on trouvera réunies ici et qui, bien qu'ayant été composées dans des temps et pour des occasions différentes, se rassemblent autour d'une même problématique, celle de la subjectivité littéraire.

Il ne s'agit pas là d'un hasard. Après que l'immense majorité des travaux critiques publiés en France dans le champ structuraliste puis post-structuraliste s'est édifiée sur l'absence ou sur la récusation de la notion du sujet[1], le moment semble venu de se préoccuper à nouveau du sort du grand absent ou plutôt du grand accusé de la critique littéraire. Si, comme l'écrivait Paul Celan, « la réalité n'est pas, la réalité demande à être cherchée et à être conquise »[2], et si donc c'est aux mots du

1. La grande exception étant constituée par les travaux de Paul Ricœur, notamment dans *Le Conflit des interprétations*, Paris, Seuil, 1969. Voir aussi plus récemment *Soi-même comme un autre*, Paris, Seuil, 1990.

2. Paul Celan, *Lettre à Martin Flincker*.

texte à se constituer en cette quête qui, seule, assignera l'horizon ontologique authentique de l'œuvre, cette quête elle-même ne peut être menée, comme il le disait encore, que par quelqu'un qui « parle à partir de l'angle d'inclinaison particulière de sa propre existence »[3]. Si fortes que soient les médiations philosophiques, rhétoriques et historiques qui déterminent son expression, depuis Coleridge, Hölderlin ou Baudelaire, le sujet lyrique n'est engagé dans le poème avec rien de moins que tout son destin.

Or si le structuralisme nous a appris à toujours mieux préciser les formes poétiques dans lesquelles ce sujet venait à s'objectiver, il ne nous dit rien sur l'horizon devant lequel le poème prend place ni sur les déterminations ou les finalités qui donnent à ces formes leur raison d'être. C'est ici, semble-t-il, que l'herméneutique littéraire doit rencontrer l'approche psychanalytique. Car si c'est bien du destin d'un sujet qu'il en va, et non, comme le pensait Mallarmé, de la « disparition élocutoire du poète »[4], alors la critique ne peut faire l'économie de la seule approche contemporaine pour laquelle ce sujet soit l'objet même de tout son effort de compréhension.

Depuis plus de trente ans, la réflexion sur les rapports entre psychanalyse et littérature tourne autour de la proposition de Lacan qui veut que

3. Paul Celan, « Der Meridian », *Ausgewählte Gedichte,* Francfort, Suhrkamp, 1970, p. 143.

4. Stéphane Mallarmé, « Crise de Vers », *Œuvres complètes,* Paris, Gallimard, 1945, p. 366.

l'inconscient soit structuré comme un langage. Mon propos ici n'est pas de discuter cette affirmation fondamentale en elle-même, sinon pour observer qu'elle permet précisément d'éluder la question du sujet au profit d'un « ça parle » inassignable à toute subjectivité [5]. Ce qui m'intéresse, au contraire, est de comprendre comment celui qui écrit trouve à se situer et parvient à donner forme à son désir, compte tenu de la double sollicitation qu'il subit, des forces pulsionnelles qui le constituent, d'une part, et des exigences, des possibilités et des tentations de la langue dans laquelle il écrit, d'autre part.

On ne naît pas écrivain, on le devient. Le premier texte qu'on trouvera ci-après esquisse l'hypothèse de l'une des raisons pour lesquelles on choisit de le devenir. L'investissement précoce et intense de la langue par la mère ou plus exactement de la langue comme mode privilégié de la relation à l'enfant introduit dans la structure relationnelle de celui-ci un type de régulation de son désir que le choix ultérieur de l'écriture réactivera à travers les figures fantasmatiques ou métaphoriques de sa création. Entre la « maternité » de la langue et la « paternité » de l'écriture, se dessine ainsi l'espace d'une réappropriation de soi dont on peut décrire le projet.

Ce projet est au cœur de notre deuxième texte,

5. *Cf.* sur ce point la discussion de Manfred Frank, *Was ist Neostrukturalismus ?*, Francfort, Suhrkamp, 1983, pp. 371 *sq.*

consacré à un parallèle entre les finalités de l'entreprise autobiographique et celles de la cure analytique dont nous proposons de comprendre la dialectique selon une série de notions-frontières (le langage, la remémoration, la culpabilité, le statut fictionnel de soi) qui devraient permettre de mieux déplier la dimension mythique du destin personnel.

Ce mythe, il n'est jamais plus présent que dans les formations imaginaires qui ordonnent la conduite et la fantaisie des sujets pris de passion. De ce point de vue, la passion, qui forme le sujet de notre troisième chapitre, n'est pas un thème comme les autres. Elle est plutôt ce qu'André Green disait de l'angoisse, une « épiphanie du sujet »[6]. Éphiphanie douloureuse, au demeurant, dont il s'agit d'articuler les modes qui, et tout l'intérêt est là, sont aussi des modes littéraires.

L'extrême de la passion étant d'enfermer le passionné dans une solitude essentielle, on ne s'étonnera pas de voir que notre quatrième essai est consacré à l'étude de trois formes de solitude qui, non seulement, situent la position subjective des auteurs en question (Rousseau, Baudelaire, Rimbaud) mais permettent aussi de mieux comprendre la stratégie littéraire dans l'économie de laquelle la solitude joue un rôle particulier.

Le volume se conclut enfin sur une analyse de la

6. André Green, *Narcissisme de vie, narcissisme de mort,* Paris, Minuit, 1983, p. 135.

passion la moins étudiée peut-être des *Fleurs du Mal*, même si Baudelaire la désigne de manière explicite comme l'un des ressorts principaux de son recueil : cette haine qu'il compare au tonneau des Danaïdes et dont, en effet, la nécessité est chez lui indéfiniment mobilisée pour colmater les brèches d'un narcissisme en proie à l'intolérable et incessante blessure de la réalité intérieure et extérieure de ce qu'il nomme la modernité.

Étudier le sujet au miroir de ses passions se révèle donc ici le mode sur lequel il a paru possible d'aborder d'un peu plus près, et d'une manière un peu plus compréhensive, le statut dialectique d'une identité littéraire à laquelle on ne fait pas l'injure de croire qu'elle s'épuise dans telle ou telle de ses manifestations.

LANGUE MATERNELLE
ET MATERNITÉ DE LA LANGUE

S'il est une vérité que la psychanalyse peut enseigner, c'est à se méfier de ces évidences dont l'éclat naturel recouvre en fait un pouvoir illusionnant ou déformant qu'il appartient au contraire à l'effort de l'esprit de dissiper ou du moins d'atténuer. L'expression de *langue maternelle* fait indubitablement partie de ces évidences. Nous employons tous cette expression comme si elle allait de soi et comme si nous étions assurés de sa signification. Le fondement « naturel » de cette formule nous paraît à tel point acquis qu'il paraîtra vraisemblablement superflu d'en remettre la nécessité ou le bien-fondé en question.

C'est pourtant à cette question que le présent essai voudrait se consacrer, en essayant de situer sa perspective à l'intersection des deux points de vue de la critique littéraire et de la psychanalyse.

I. LA LEÇON DE L'HISTOIRE

C'est à l'Histoire que j'emprunterai le premier élément de mon questionnement. Nous avons tous tendance aujourd'hui à poser comme atemporelle l'évidence de l'expression de *langue maternelle.* Or cette expression est, en vérité, *datée.* Il n'y a pas toujours eu en Occident une expression de ce genre. Les Grecs, pour commencer par eux, ne connaissaient pas la notion de langue maternelle. L'être parlant était pour eux, de façon à la fois plus neutre et plus fondamentale, un *zoion logikon*, c'était la faculté, la propriété de pouvoir parler, qui leur paraissait constitutive de l'humanité — au point que Platon dira dans le *Phédon* qu'il ne peut rien arriver de pire à un homme que de prendre en haine le logos — et non pas l'enracinement de ce pouvoir de parler dans la généalogie parentale. L'ontologie verbale de la pensée grecque paraît se situer à un niveau logiquement antérieur à celui auquel on peut poser la question de l'engendrement de la langue. La question qui préoccupe les Grecs, comme on peut le déduire du *Cratyle*, n'est pas de savoir d'où vient la langue, mais de savoir si cette langue est fondée *phusei*, c'est-à-dire dans l'être, ou *thesei*, c'est-à-dire dans l'esprit qui se saisit de cet être.

En vérité, les premiers à penser le rapport à la langue sur le mode d'un investissement parental sont les Romains. Seulement, les Romains ne connaissent pas, du moins à l'époque antique, l'expression de *langue maternelle* : la formule dont ils se servent — attestée à partir du Iᵉʳ siècle avant J.-C. — est celle de *patrius sermo*, langue ou discours du père. L'existence de ce *patrius sermo* nous oblige à relativiser l'apparente évidence de la notion de *langue maternelle*, en nous rappelant que celle de *langue paternelle* ne manque pas non plus, de son côté, de justification. Pourquoi les Romains parlaient-ils de *patrius sermo* ? Si l'on en croit le linguiste allemand Leo Weisberger, et notamment son ouvrage *La Découverte de la langue maternelle dans la pensée européenne*[1] auquel j'emprunte l'essentiel de mon information, le choix d'une lignée « paternelle » irait de pair avec l'importance accordée par les Romains aux valeurs culturelles et spirituelles transmises par la tradition, par les pères, donc, dans une société où la prédominance virile est manifeste. La langue paternelle serait comme une réserve où seraient entreposés les trésors de sagesse et d'expérience des générations antérieures et, en même temps, elle serait le lien unissant chaque Romain à ce passé. *Patrius sermo* ne serait donc qu'une variante naturelle de la formule célèbre de Varron parlant de *latinus sermo cum ipso homine civitatis suae natus.*

1. *Die Entdeckung der Muttersprache im europäischen Denken,* Lüneburg, 1948.

D'où vient donc l'expression de *langue maternelle* ? Historiquement parlant, la première occurrence de la formule se situe en 1119. Elle est latine ou, pour être plus précis, médiolatine. On la rencontre dans un texte de l'historien allemand Hesso de Strasbourg, qui parle d'une conférence ecclésiastique tenue à Reims où l'évêque de Châlons a fait l'exégèse d'un bref papal en *materna lingua.* Soixante-dix ans plus tard, un texte milanais crée l'adverbe *maternaliter* (en langue maternelle) par opposition à *litteraliter* (en latin). Au début du XIVe siècle, Dante, dans le *De Vulgari eloquentia*, parle de *maternum vulgare* (le dialecte quotidien) et de *materna locutio* (la langue parlée dans la maison). C'est aussi au XIVe siècle que l'on rencontre pour la première fois les expressions *langue maternelle*, en français, et *parlar materno*, en italien (ici encore chez Dante, et plus précisément au vers 117 du chant XXVI du « Purgatoire » où il est dit d'Arnaut Daniel — le poète provençal inventeur de la forme de la sextine, la forme poétique la plus sophistiquée de la tradition occidentale —, qu'il fut *miglior fabbro del parlar materno*, « le meilleur ouvrier de la langue maternelle »).

Tout nous porte à croire, semble-t-il, que les différentes formes romanes dérivent de cette *lingua materna* latine qui est donc attestée depuis le tout début du XIIe siècle. Cela d'autant plus que, si l'on se tourne vers les langues germaniques, les très nombreuses occurrences des composés de *Mutter-* sont toutes attestées à une date ultérieure : islandais *modurmal* vers 1350, suédois *modhor male* vers 1370, danois *modhurmal* au début du XIVe siècle, anglais *modyr tonge* en 1380 chez Wycliff, néerlandais *modersprake* dès 1424 et allemand *muttersprache* dès 1522. À cette dérivation, Weisberger objecte que l'expression médiolatine n'apparaît qu'au XIIe siècle et que, n'étant pas l'effet d'un usage latin classique (qui ne connaît que *patrius sermo*), elle a elle-même besoin d'une explication. Or la linguistique historique a établi depuis longtemps que de nombreuses particularités du médiolatin s'expliquent par l'influence des langues vernaculaires des pays où s'écrivait le latin. D'où le renversement qu'il propose et qu'il étaye sur la fréquence statistique beaucoup plus élevée sur le plan de la géographie linguistique des composés de *Mutter-* dans les langues germaniques, renversement selon lequel l'expression médiolatine de *lingua materna* ne serait elle-même que la latinisation tardive d'une expression vernaculaire du type *modurmal*. Alors que l'adjectif latin *maternus*, fait-il remarquer, reste étroitement lié à la sphère des rapports avec la mère, le champ des composés germaniques de *Mutter-* est considérable, qui va de *Mutterboden, Mutterland, Mutterstadt* — qui sont plus anciens que *Vaterland* et *Vaterstadt* refaits sur le latin *patria* — à *Muttervolk, Mutterheim, Mutterhaus, Mutterhimmel, Mutterlicht* ou *Mutterluft*. *Muttersprache,* la langue maternelle, serait donc une invention des langues germaniques transmise aux langues romanes par l'intermédiaire du médiolatin qui, on le sait, fut la langue commune de l'Europe savante jusqu'à la fin de la Renaissance.

La première conclusion qui s'impose, donc, est de prendre conscience de la relativité historique de l'expression de *langue maternelle*. L'évidence que nous tendons à conférer à la formule ne s'est imposée qu'à partir d'un certain moment d'une histoire qui, pourtant, avait réfléchi sur les formes du maternel depuis plus de quinze siècles. Il reste que si l'expression est d'origine germanique et possède dès ses premières occurrences le double sens de « langue qu'on apprend à parler de sa mère », d'une part, et d'« effet maternel de la langue », d'autre part, la nécessité même de l'invention de la notion — si historique soit-elle — demeure justifiable d'une structure qui, elle, n'est pas nécessairement historique et sur laquelle il me semble que la psychanalyse peut apporter ses lumières.

II. LA MATERNITÉ DE LA LANGUE

De ce point de vue, et sans vouloir entrer dans le débat clinique engagé notamment par les travaux de Spitz, de Winnicott, de Lebovici, Diatkine, etc., on proposera ici une sorte de fiction théorique, fondée notamment sur un aspect du langage, fiction qui est destinée à permettre de mieux comprendre ce qui est le véritable objet de cet essai, à savoir le rapport d'un écrivain à sa langue maternelle.

L'aspect dont je parle est celui de la fonction contradictoire du langage dans la relation à autrui, qui est d'être simultanément un lien et une séparation. Le langage est un lieu dans la mesure où il est une interpellation, une adresse. En s'adressant à son enfant, à son bébé, la mère (ou le parent) atteste à la fois sa présence — une présence que la disposition du champ visuel de l'enfant, par exemple lorsqu'il est couché dans son berceau, peut occulter — et la destination de sa présence pour l'enfant. En d'autres termes, et pour varier la formule de Serge Lebovici, je dirai que le langage est une instance où l'objet se donne à être investi en même temps que perçu dans la mesure où, même s'il ne comprend pas tout de suite sa dimension sémiologique, l'enfant comprend très vite néanmoins qu'il est le destinataire de la parole qui lui est adressée. Cet investissement ou cette saisie présémiologique du langage, liés comme ils peuvent l'être au don d'amour parental, paraissent du reste constituer le genre d'inscriptions qui permet plus tard à l'adulte devenu écrivain de réactualiser dans son rapport aux mots le type de plaisir par lequel l'épaisseur sensible du langage s'offre à lui dans un présémantisme qui n'est pas loin d'être la marque distinctive du choix de l'écrivain. Dans les lallations partagées du parent et du nourrisson se constitueraient donc tant un lien qu'une source de plaisir et un mode d'investissement, qui réapparaîtraient secondarisés plus tard chez l'écrivain.

Mais si le langage est lien, il est aussi, et d'un même tenant, facteur de séparation. Constituant son enfant en destinataire de sa parole, la mère le sépare d'elle-même dans la mesure où elle en fait un interlocuteur qui, même s'il est encore incapable de répondre, ne s'en voit pas moins placé en position de sujet autonome. Par là, le langage contribue à opérer le processus de différenciation entre le corps maternel et le corps de l'enfant ou, si l'on préfère, à introduire le mouvement de défusion dans l'unité primitive. Cela d'autant plus que cette langue maternelle qui vient à l'enfant, fût-ce, comme nous l'avons vu, pour se substituer comme lien au lien corporel, est aussi le lieu où ce lien doit s'ouvrir au tiers que constitue l'autre parent (pour ne pas parler de la fratrie...) — d'où, d'ailleurs, l'importance de la notion lacanienne de *forclusion* qui indique bien l'origine de l'échec de la séparation, puis de la triangulation dont c'était la fonction du langage maternel de permettre l'intégration progressive.

Aussi bien, la double structure de lien et de séparation que la langue de la mère introduit dans le rapport que son enfant entretient avec son corps à elle (dont il ne distingue pas, au début, son corps à lui) paraît-elle figurer à sa manière la matrice du rapport que l'enfant sera appelé à découvrir et à vivre entre les mots et les choses. Car s'il ne fait pas de doute, comme tout parent a pu l'observer de la façon la plus claire, que l'acquisition du langage par l'enfant est vécue sur le mode jubilatoire comme un pouvoir (fantasmatique) exercé sur la réalité que ce langage désigne (et donc, à la limite, comme un lien), le processus même de la désignation implique quant à lui la distinction (donc la séparation) entre le locuteur et le monde référé. De ce point de vue, je crois qu'on pourrait tenir l'épisode célèbre du jeu de l'enfant et de la bobine, que Freud rapporte au début de *Au-delà du principe de plaisir*, comme l'expression symbolique de son rapport au langage et à sa mère, de son rapport à la langue maternelle dans le sens où j'essaie de situer cette expression. Si, comme le veut Freud, la répétition du geste de l'enfant traduit sa tentative pour maîtriser symboliquement l'absence de sa mère en reprenant à son propre compte la disparition de celle-ci pour pouvoir en contrôler le retour, on peut être frappé par le fait que cette tentative de maîtrise de la mère s'effectue en même temps par un investissement du langage. Le couple *Fort/Da* (ou plus exactement *o-o-o-o/Da*) scande précisément sur le plan du sens la structure de proximité, de lien *(Da)* et de séparation *(Fort)* qu'il est possible de reconnaître comme l'essence du langage dans la relation que celui-ci entretient, pour l'enfant, avec sa mère. Autrement dit, dans ce *Fort* (parti) et dans ce *Da* (là), l'enfant actualiserait, sans le savoir, à la fois l'essence du langage et l'essence de son rapport à celle qui lui a transmis ce langage.

Est-ce aller trop loin que de voir dans le don de la langue par la mère, c'est-à-dire le don de la dimension qui permet à l'enfant à la fois de se constituer en destinataire de l'amour et de supporter la frustration physique dont cet amour est inséparable (dans la défusion d'avec le corps maternel), une parfaite homologie avec cette autre forme du don qu'est la nutrition ? Laquelle, si elle a bien pour fonction de satisfaire au besoin de vie du nourrisson, tout en se faisant le mode privilégié de ce qui deviendra l'expérience primordiale du plaisir, n'en a pas moins pour horizon, elle aussi, de favoriser la séparation progressive de l'enfant, devenu plus autonome, de la quasi-fusion primitive ? Je sais bien que c'est là proposer une homologie entre deux niveaux distincts : l'allaitement appartient à l'ordre du somatique et à celui du besoin, tandis que la langue appartient à l'ordre du symbolique. Mais comment ne pas voir, en même temps, que le don du sein ou du biberon est inséparable du don de la langue, et que le geste d'amour qui consiste à allaiter va rarement sans une « doublure » verbale qui tend à mettre le lait et la parole sur un même plan. L'enfant téterait la langue maternelle comme il téterait son lait, la différence entre les deux étant que la parole a d'emblée ce double statut d'une dimension de liaison et de séparation qui est spécifique de l'ordre symbolique.

Si problématique que paraisse cette homologie, elle ne manque pas toutefois de répondants dans l'histoire de la culture. C'est ainsi par exemple qu'on peut lire sous la plume de Ronsard, dans ses remarques à propos de *L'Art poétique*, que ses contemporains ont tort de vouloir s'en tenir aux formes héritées du grec et du latin, et qu'il faut au contraire inventer du nouveau, que ce soit au niveau du lexique ou de la morphologie, en attestant par là la vitalité potentielle de la langue française. Et Ronsard, critiquant les partisans du purisme classicisant, ajoute qu'ils font « grand tort à la bonne Nature, laquelle ils pensent pour le jourd'huy estre brehaigne et infertile en bons esprits, et que dès le commencement elle a respandu toutes ses vertus sur les premiers hommes, sans avoir rien retenu en espargne pour donner comme mere tres-liberale à ses enfants, qui devoyent naistre au monde par le cours de tant de siecles avenir »[2]. La libéralité de la Mère Nature se traduirait ainsi par la possibilité qu'elle offre à ses enfants de créer de nouveaux mots. Et Dante, plus de deux siècles avant Ronsard, avait fait dire, de manière plus explicite encore, à Stace que le poète rencontre en compagnie de Virgile au chant XXI du « Purgatoire » : « *Dell'* Eneida *dico, la qual mamma fummi e fummi nutrice poetando* » (vers 97-98) (« Je parle de *L'Énéide* qui

2. Ronsard, *Œuvres complètes,* Paris, Bibliothèque de la Pléiade, t. II, 1950, pp. 1008-1009. Nous soulignons.

me fut une mère et fut ma nourrice en poésie »). Sans doute, fera-t-on observer, c'est *L'Énéide* ici qui est la mère et non pas la langue, mais comment douter que pour Stace, et pour Dante à travers lui, la langue de cette *Énéide* n'ait été aussi bien l'expression la plus haute de ce *parlar materno*, de la langue maternelle ?

III. LANGUE MATERNELLE ET ÉCRITURE

Avec Dante et Ronsard, nous voici passés du plan de la réflexion anthropologique générale au cas beaucoup plus spécifique de l'écriture littéraire. Ce que j'ai suggéré jusqu'ici de la fonction de la langue maternelle est censé valoir de manière indistincte. La question qui se pose maintenant, et qui est une question tout aussi difficile, est de comprendre pourquoi certains individus choisissent, à un moment donné de leur existence, d'investir la langue sur ce mode très particulier — et qui du reste est très hétérogène d'un écrivain à l'autre — qui conduit à l'écriture. Autrement dit, la question paraît être non pas : « Pourquoi devient-on écrivain ? » mais : « Pourquoi investir la langue — et j'ajouterai la langue "maternelle" — pour devenir écrivain ? »

Eh bien, si rudimentaire ou si contestable que soit la réponse que je vais tenter d'apporter à cette question, il me semble qu'elle ne peut de toute façon être articulée que selon la notion psychanalytique de l'*après-coup.* Le choix de l'écriture est un choix *après coup* dans la mesure où il réactive toujours et nécessairement un investissement premier qui, lui, remonte à la période primordiale des raports de l'enfant avec sa mère. Je postulerai par hypothèse que cet *investissement* premier a été en fait, très tôt, un surinvestissement. La mère a surinvesti le langage, elle a, si l'on préfère, surinvesti sa maternité sur le mode de la relation verbale, en érotisant simultanément le substrat sonore du langage — qui est, après tout, le premier mode sur lequel le langage est capté par l'enfant — et la forme de communication que cette relation entraîne. Or ce surinvestissement que je postule me semble présenter deux caractéristiques : la première est de s'opérer au détriment d'autres formes d'investissement et de relation, plus immédiates peut-être, et la seconde est d'engager d'emblée la relation de la mère et de l'enfant dans la voie de ce symbolisme à la structure contradictoire dont j'ai parlé au début. Si le langage, si la langue maternelle est primordialement inscrite dans la psyché de l'adulte comme mémoire des mots d'amour prononcés par la mère ou comme mémoire de l'amour des mots de la mère, on comprend mieux, me semble-t-il, ce qui peut motiver cet adulte à lui confier le destin de son désir en demandant à l'écriture de restituer l'intégrité d'une relation qui, entre-temps, a nécessairement dû succomber au refoulement. En ce sens, l'écrivain serait dans la position du Faune de Mallarmé qui, au moment d'évoquer le plaisir qu'il prend à imaginer des nymphes promues en déesses, et non seulement à se les imaginer, mais encore à imaginer qu'il les dépouille de leur ceinture, trouve spontanément pour l'illustrer une comparaison qui appartient au registre de l'oralité la plus heureuse dans l'admirable image des raisins qu'il suce voluptueusement avant de les faire servir de prisme à sa fantaisie d'ivresse :

Moi, de ma rumeur fier, je vais parler longtemps
Des déesses ; et par d'idolâtres peintures,
À leur ombre enlever encore des ceintures :
Ainsi, quand des raisins j'ai sucé la clarté,
Pour bannir un regret par ma feinte écarté,
Rieur, j'élève au ciel d'été la grappe vide
Et, souffrant dans ses peaux lumineuses, avide
D'ivresse, jusqu'au soir je regarde au travers[3].

Le Faune étant de toute évidence une figure solaire du poète — dont Hérodiade serait la face nocturne —, il ne paraît pas difficile d'interpréter les raisins comme une métaphore pour ces mots dont il s'agit de « sucer la clarté », comprenons d'assimiler voluptueusement la signification, et qu'il

3. S. Mallarmé, *Œuvres complètes,* Paris, Bibliothèque de la Pléiade, 1945, p. 51.

s'agit à la fois de dresser comme un écran lumineux et créateur entre soi et la réalité.

Ce plaisir oral, il s'en faut toutefois que nous puissions l'imaginer inentamé. Du fait même de son surinvestissement, il reste guetté par deux excès aux conséquences inégalement graves, mais durables dans les deux cas. Soit, et c'est le cas le plus grave, le surinvestissement du langage va de pair avec un surinvestissement de la relation charnelle : le langage devient alors, si j'ose dire, un « corps » qui s'ajoute à l'indistinction des corps de la mère et de l'enfant pour rendre plus dense, plus érotique et plus indissoluble leur relation. L'échange des vocalises, sinon des mots, entre l'enfant et sa mère prend l'allure alors de cette scène érotique dans laquelle Casanova raconte avoir mangé des huîtres avec son amie :

Après avoir fait du punch nous nous amusâmes à manger des huîtres, les troquant lorsque nous les avions déjà dans la bouche. Elle me présentait sur la langue la sienne en même temps que je lui embouchais la mienne ; il n'y a pas de jeu plus lascif, plus voluptueux entre deux amoureux[4]...

L'ennui, c'est que si l'on se met à échanger des mots avec sa mère comme des huîtres avec sa bien-aimée, la consommation fusionnelle de la trans-

4. Casanova, *Mémoires de ma vie,* Paris, Plon, t. IV, p. 67.

gression sera telle qu'elle rendra illusoire toute possibilité de triangulation, donc de symbolisation, ultérieure, et qu'elle mène ou du moins risque de mener à cette confusion typique de la schizophrénie, dans laquelle la sémioticité du langage est perdue au profit de l'indistinction délirante des signifiants et des signifiés[5].

L'autre excès, c'est l'excès contraire, dans lequel la relation charnelle se désinvestit *au profit* du langage établi comme substitut du contact. Le surinvestissement du langage se fait alors dans le sens d'une relation où tant la dimension de lien que la dimension de la séparation se marquent électivement à travers la langue qui joue entre la mère et l'enfant un peu le rôle que Didier Anzieu assigne au « moi-peau ». L'enfant sera aussi bien un que deux avec sa mère, mais il sera un et deux sur le mode de l'attachement verbal ou plutôt par la force de ce dernier. Ici aussi, comme dans le prologue de l'Évangile de Jean, le verbe, le logos, est au commencement, en ce sens que dans sa structure se retrouve le modèle des relations, le creuset des attaches libidinales à travers lesquelles l'enfant adviendra peu à peu à son identité d'être désirant. Mais cet investissement se fait au détriment de ce que

5. On pourra mesurer d'autant plus clairement la confusion introduite par le surinvestissement de la dimension purement signifiante du langage en lisant la belle étude de Michèle Perron-Borelli consacrée au contraire à « L'investissement de la signification » (*RFP*, 4, 1976, pp. 681-692) qui relate la genèse de l'acquisition du langage chez sa fille Catherine à l'âge de 14 mois.

Winnicott nomme le *holding*, c'est-à-dire de cette présence, de ce jeu de contact infiniment charnel et infiniment nécessaire qu'est le maniement du corps de l'enfant.

Les imprégnations dont je viens de parler sont primordiales. Elles le sont sur le plan de la constitution subjective et aussi, bien sûr, sur le plan temporel. Non seulement le nouveau-né est pris d'emblée à l'intérieur de ce que Maud Mannoni s'est plu autrefois à appeler un « discours familial », mais encore le « bain de langage » plus spécifiquement maternel qui l'accueille fait partie des toutes premières données de son rapport au monde. L'importance de l'établissement du mode des relations à autrui à travers le don de la langue maternelle appartient donc de toute évidence à la période préœdipienne. Cette première imprégnation aura dès lors fatalement à subir les vicissitudes liées à l'entrée dans l'Œdipe et au destin de la relation œdipienne, même si, par certains côtés, cette relation est préfigurée, sinon prédéterminée par elle. C'est à ce stade, me semble-t-il, qu'il convient de marquer une étape, qui pourra se révéler importante pour le choix ultérieur de l'écriture. S'il est vrai, en effet, que, dans l'Œdipe, le petit garçon rencontre en même temps que son désir pour sa mère l'angoisse de la castration liée à la menace du père, castration dont il a pris conscience en percevant l'absence de pénis de ses sœurs, de ses compagnes de jeu ou plus fondamentalement encore de sa mère, alors l'hypothèse avancée par Nicos Nicolaïdis qui voit dans le don de la langue maternelle le substitut phallique de ce pénis manquant[6] me paraît prendre toute son importance. Dans l'intensification de la relation entre l'enfant et sa mère qui caractérise la période œdipienne, l'investissement de la langue, comme lieu de leur relation, se ferait d'autant plus intense qu'il servirait plus efficacement à l'enfant à se défendre contre la perception de ladite castration.

Cette hypothèse de la langue comme substitut phallique du pénis trouve une illustration exemplaire dans un passage de l'avant-dernier volet d'*À la recherche du temps perdu, la Fugitive,* dont on rappellera cette phrase extraordinaire :

> *Je revoyais Albertine s'asseyant à son pianola, rose sous ses cheveux noirs ; je sentais, sur mes lèvres qu'elle essayait d'écarter, sa langue, sa langue maternelle, incomestible, nourricière et sainte, dont la flamme et la rosée secrète faisaient que, même quand Albertine la faisait seulement glisser à la surface de mon cou, de mon ventre, ces caresses superficielles, mais en quelque sorte faites par l'intérieur de sa chair, extériorisé comme une étoffe qui montrerait sa doublure, prenaient, même dans les attouchements les plus externes, comme la mystérieuse douceur d'une pénétration.*

---

6. N. Nicolaïdis, *La Représentation,* Paris, Dunod, 1984, p. 68.

Sans doute, l'élément en question est-il l'organe physique de locution et non son produit. Mais comment ne pas voir aussi, tant à travers l'équivalence de l'organe et du phallus qu'à travers la qualification de la langue d'Albertine comme « maternelle, incomestible, nourricière et sainte » qu'un glissement métonymique est suggéré qui, seul, donne son sens véritable à la « pénétration » dont il est question.

Qu'à tout le moins la valeur éminemment sexuelle du don de la langue maternelle puisse être acquise, j'espère en avoir convaincu le lecteur. Reste à aborder maintenant une étape intermédiaire, qui paraîtra peut-être parfaitement arbitraire, mais dont il est difficile de faire l'économie dans la conception qu'on se fait ici de la genèse d'un écrivain. Il me semble, en effet, que l'enfant qui est appelé à devenir un jour écrivain ou, pour m'exprimer de manière plus précise, qui choisira un jour de se chercher dans l'écriture, est un enfant qui doit nécessairement faire face à ce que je nommerai, faute de mieux, et d'une façon trop vague, je le sais, une *faille narcissique* grave, faille qu'on situera précisément dans le rapport à la mère.

S'il est un point, en effet, où toute la réflexion psychanalytique, anthropologique ou éthologique moderne — de Mélanie Klein à Winnicott et à Dolto, de Spitz à Brazelton, de Bowlby à Anzieu — se recoupe, c'est bien celui de l'importance indépassable de la relation mère-enfant comme support, non seulement du narcissime ou plutôt de la robustesse narcissique de l'enfant, mais aussi de la possibilité pour celui-ci de s'ouvrir, sur le fond de cette solidité narcissique, à la relation d'objet. Si cet équilibre narcissique est perturbé, pour une raison parmi mille autres, dont la disparition de la mère ne serait que la plus spectaculaire, c'est du même coup la dimension objectale de cette relation d'objet qui est entamée.

Or, s'il est exposé à toutes les vicissitudes d'une relation à autrui fondée sur une base narcissique fragile, l'adulte peut — j'ajouterai : peut d'autant plus qu'il a été, enfant, le destinataire d'un investissement massif du langage par sa mère — choisir, par un acte qui est à la fois une régression et un pas en avant, de réinvestir la seule dimension véritablement intermédiaire entre le pôle narcissique et le pôle objectal de la relation à autrui, c'est-à-dire de réinvestir le langage. Le langage, la langue maternelle, en tant que lieu électif de ce rapport mi-narcissique, mi-objectal qu'a été le rapport à la mère, me paraît la réserve à partir de laquelle il devient possible de reconstruire, sans doute en passant par ce qu'André Green appelle leur dimension « transnarcissique », tant l'unité narcissique défaillante que les interlocuteurs potentiels du moi.

Encore faut-il pour cela, c'est une dimension sur laquelle je n'ai pas encore assez insisté jusqu'ici, que cette langue maternelle ait été suffisamment ouverte dès l'origine sur la triangulation parentale pour qu'y soit ménagée, au moins en creux, la place de *l'autre de l'objet*, faute duquel la nature médiatrice — Winnicott dirait peut-être *transitionnelle* — du langage échouerait à s'ouvrir sur la possibilité d'y investir un autre objet que la mère. Le propre de l'écrivain serait ainsi, peut-être, que son rapport à l'autre (à autrui), c'est-à-dire au tiers, serait médiatisé par l'investissement dyadique de cette langue qu'il a reçue de sa mère. Autrement dit, l'écrivain investirait le tiers (l'autre) par l'intermédiaire du double (la mère) grâce au caractère simultanément duel et ternaire de la langue maternelle.

Reste alors à comprendre, et c'est peut-être le plus difficile, comment ce qui n'est *a priori* qu'une virtualité passive — l'enfant est le destinataire d'un surinvestissement du langage par sa mère — devient à un moment donné un choix actif de l'existence de l'adulte. Je formulerai ici l'hypothèse que ce renversement s'opère par un désir de maîtrise. Choisissant d'écrire, l'écrivain choisirait de sortir du pôle passif de destinataire de la langue pour se faire à son tour l'opérateur de la force d'investissement libidinale contenue dans cette langue, dans ce qu'il faut considérer dès lors comme une tentative de réappropriation symbolique non seulement de la mère, mais aussi, à travers la médiation linguistique de celle-ci, de la possibilité relationnelle elle-même.

En tant qu'« amoureux », le rapport de l'écrivain à sa langue réactiverait donc son amour pour sa mère dont la « maternité » se traduirait par le plaisir « incestueux » qu'il prend à imprimer au langage la forme particulière et de ses fantasmes et, surtout, de son style, c'est-à-dire du mode singulier qu'il a de se situer par rapport à ces mots qui sont venus autrefois l'accueillir et lui donner sa place. Il s'en faut toutefois que ce choix de l'écriture s'explique entièrement par une sorte de réœdipisation de la langue. Car ce qui demeure inaperçu, si l'on s'en tient là, c'est un mouvement concomitant qui superpose à la liaison *libidinale* un élan *identificatoire.* L'écrivain, à partir du moment où il choisit d'écrire, ne réinvestit pas seulement fantasmatiquement sa mère sous la figure de la langue qu'il tient d'elle, il s'identifie en même temps à cette mère. Or, ce faisant, c'est-à-dire se faisant femme et mère à son tour, il va non seulement se mettre en position d'« enfanter » l'œuvre qu'il va écrire, mais encore de l'enfanter par une union symbolique avec le père auquel, dans une sorte de logique paradoxale du fantasme, il va pouvoir offrir l'enfant ainsi engendré en réparation du rapt œdipien de la mère. Que ce père prenne la forme indéterminée du *lecteur*, voire d'un de ces glorieux aînés auquel une (première) œuvre est souvent dédiée, sa présence comme Loi est indispensable pour garantir l'objectivité de ce qui risquerait, sans lui, de rester à un stade « intra- » ou « infra-narcissique » (par opposition à la qualification de « transnarcissique » que nous avons rencontrée tout à l'heure). La langue maternelle, en tant qu'elle est, précisément, maternelle, ferait ainsi surgir, comme d'elle-même, la dimension de la paternité à la fois comme Loi à laquelle la langue doit se soumettre et comme objet du désir de cette langue.

IV. ILLUSTRATION

La fiction théorique que je viens d'esquisser n'a pas d'autre fonction, on l'aura compris, que de tenter maladroitement de rendre compte de ce mystère si déconcertant qu'est la naissance d'un écrivain. Qu'il n'y ait pas d'écrivain, du moins d'écrivain qui compte, sans *talent*, et que ce talent soit une donnée qui échappe tout à fait à la dynamique que j'ai retracée, va de soi. Seulement, s'il faut un *talent* particulier pour devenir écrivain, et que la psychanalyse n'a rien à dire à son sujet, encore faut-il que ce talent soit actualisé. Or une telle actualisation ne peut se faire, selon nous, que sur la base d'une histoire dont on a proposé ici une version sans doute mythique, mais, espérons-le, cohérente.

À tout le moins est-il possible de chercher à retrouver quelques éléments de notre hypothèse dans un texte qui est emprunté à la « scène du coucher » dans *Combray*, le premier volet d'*À la recherche du temps perdu*. Cette scène, qui précède immédiatement le célèbre épisode de la madeleine, décrit une nuit exceptionnelle durant laquelle l'enfant, qui, exclu tout d'abord du jardin où ses parents dînent en famille en compagnie de Swann, a été envoyé se coucher sans avoir reçu le baiser rituel de sa mère, décide tout d'abord d'attendre celle-ci au mépris des règles familiales en vigueur, la guette au moment où elle remonte du jardin pour la supplier de venir lui donner un baiser et, au moment où, voyant son père approcher, il se croit perdu, entend ce père, frappé par le désarroi manifeste de son fils, dire à sa mère d'aller coucher dans sa chambre. La mère, voyant que celui-ci est trop agité pour dormir, propose alors de lui lire un roman de George Sand intitulé *François le Champi*.

Cette scène, dont le contenu émotionnel intense est explicite, a souvent été analysée pour son impact psychologique, que le narrateur est d'ailleurs le premier à relever, et sur lequel il reviendra à maintes reprises dans la suite de son récit. La lecture que j'aimerais en proposer ici va dans un autre sens. J'aimerais essayer de montrer que ce qui y est figuré, c'est aussi une représentation de la naissance de l'écrivain.

Qu'il y ait, à tout le moins, continuité, permanence de l'émotion liée à cette scène primordiale, le texte nous le dit lui-même. Évoquant la figure de son père au moment où celui-ci vient de dire à sa femme d'aller dormir dans la chambre du fils, le narrateur écrit :

Il y a bien des années de cela. La muraille de

l'escalier où je vis monter le reflet de sa bougie n'existe plus depuis longtemps. En moi aussi bien des choses ont été détruites que je croyais devoir durer toujours et de nouvelles se sont édifiées donnant naissance à des peines et à des joies nouvelles que je n'aurais pu prévoir alors, de même que les anciennes me sont devenues difficiles à comprendre. Il y a bien longtemps aussi que mon père a cessé de pouvoir dire à maman : « Va avec le petit. » La possibilité de telles heures ne renaîtra jamais pour moi. Mais depuis peu de temps je recommence à très bien percevoir, si je prête l'oreille, les sanglots que j'eus la force de contenir devant mon père et qui n'éclatèrent que quand je me retrouvai seul avec maman. En réalité ils n'ont jamais cessé ; et c'est seulement parce que la vie se tait maintenant davantage autour de moi que je les entends de nouveau, comme ces cloches de couvent que couvrent si bien les bruits de la ville pendant le jour qu'on les croirait arrêtées mais qui se remettent à sonner dans le silence du soir[8].

Le présent verbal sur lequel se conclut le passage coïncidant à peu près avec ce qu'on pourrait nommer le présent de l'écriture, tel qu'il se dévoilera dans *Le Temps retrouvé*, le lien entre les deux époques est ainsi assuré. Mais en quoi, demandera-t-on, est-il question ici de naissance d'un écrivain ?

---

8. *Ibid.*, t. I, p. 37.

Eh bien voici. La première chose à relever, bien sûr, c'est l'étroitesse de la relation amoureuse entre la mère et l'enfant. Celui-ci dépend à tel point de ce baiser — que le texte a sacralisé un peu plus haut en comparant le visage de la mère à « une hostie » offerte « pour une communion de paix où [s]es lèvres puiseraient sa présence réelle et le pouvoir de [s']endormir »[9] — qu'il lui est impossible de supporter la séparation sans son action bienfaisante. Impossibilité qui va se trouver à l'origine de toute la scène. Au départ donc, insistons là-dessus, une séparation ressentie comme insupportable. Le premier moyen que l'enfant imagine pour surmonter cette séparation, c'est d'écrire et d'envoyer une lettre à sa mère par l'intermédiaire de la servante nommée Françoise. De Françoise, le récit nous dit à ce point que sa conduite est réglée par un code « impérieux, abondant, subtil et intransigeant » qui donne à penser qu'il y a « en elle un passé français très ancien, noble et mal compris ». Quant à la lettre que Françoise est chargée de remettre, par l'entremise du maître d'hôtel, l'assurance qu'elle sera délivrée délivre l'enfant de son anxiété :

[...] maintenant, ce n'était plus comme tout à l'heure pour jusqu'à demain que j'avais quitté ma mère, puisque mon petit mot allait [...] me faire du moins entrer invisible et ravi dans la même pièce

9. *Ibid.*, p. 13.

qu'elle, allait lui parler de moi à l'oreille ; puisque cette salle à manger interdite, hostile, où, il y avait un instant encore, la glace elle-même [...] et les rince-bouche me semblaient recéler des plaisirs malfaisants et mortellement tristes parce que maman les goûtait loin de moi, s'ouvrait à moi et, comme un fruit devenu doux qui brise son enveloppe, allait faire jaillir, projeter jusqu'à mon cœur enivré l'attention de maman tandis qu'elle lirait mes lignes. Maintenant je n'étais plus séparé d'elle ; les barrières étaient tombées, un fil délicieux nous réunissait [10].

Il n'aura échappé à personne combien ce passage est riche en connotations sexuelles diverses : depuis le ravissement d'être admis, dans une position de quasi-voyeur, dans la chambre aux plaisirs malfaisants, à la pénétration de la mère par l'oreille, de l'éclosion de la salle à manger comme un fruit qui s'ouvre à l'abolition de la séparation, l'effondrement des barrières et la réunion à la mère par un « fil délicieux ». Or ce qu'il importe de rappeler à ce point, c'est que tout ce rapprochement est rendu possible par une *lettre* dont *Françoise* est la postière. De là à faire de la lettre française, actualisation amoureuse de la langue française, le véhicule et le lieu du fantasme d'union sexuelle avec la mère, il n'y a qu'un pas qu'il n'est pas difficile de franchir

10. *Ibid.*, p. 30

à la condition d'avoir d'abord complété la description du scénario fantasmatique que Proust a mis en place.

Entre le moment où il a envoyé la lettre — au sujet de laquelle Françoise viendra d'ailleurs lui dire un moment plus tard qu'elle n'a suscité aucune réponse de la mère — et le moment de la lecture commune de *François le Champi*, il reste à l'enfant à affronter le moment le plus dramatique de la scène ou, si l'on veut adopter un langage psychanalytique, à affronter le fameux « roc de la castration ». Guettant sa mère au haut de l'escalier, il voit tout d'abord la lumière projetée par la bougie qu'elle tient dans sa main, puis l'appelle pour qu'elle vienne lui dire bonsoir. La mère commence par ne pas répondre sinon par une expression de colère, mais voyant qu'il ne se décide pas à bouger, elle lui chuchote : « Sauve-toi, sauve-toi, qu'au moins ton père ne t'ait pas vu ainsi attendant comme un fou ! » À ce moment-là, le reflet de la bougie tenue par le père s'élève à son tour sur le mur, et l'enfant, terrorisé, murmure : « Je suis perdu ! »

Parvenu à ce point, le récit opère un double renversement. D'une part, la menace de castration va se dissiper d'elle-même en aboutissant à son contraire. Sans doute, la terreur que l'enfant éprouve au moment de l'arrivée du père restera-t-elle inscrite, notamment dans l'image qui donne à ce père « le geste d'Abraham dans la gravure d'après Benozzo Gozzoli [...] disant à Sarah qu'elle a à se départir du côté d'Isaac »[11] (pour le mener au sacrifice). Mais s'il détient le pouvoir, le père choisit de ne pas l'exercer contre son fils puisqu'il lui accorde spontanément son épouse. D'autre part, ce passage nous fait assister à un autre renversement, plus grave encore si l'on veut, qui est l'effondrement de la loi. Le narrateur insiste en effet à plusieurs reprises sur le fait que ses rapports à sa mère et à sa grand-mère, qui n'est qu'un double de la première, sont régis par un système de pactes, de codes dont le but est de contenir l'émotivité de l'enfant en l'intégrant dans un cadre normatif assez rigide. Ce système a pour postulat implicite de dépendre de l'approbation du père. Or celui-ci, en refusant de comprendre le code en vertu duquel son fils aurait dû être puni pour sa conduite répréhensible, substitue l'arbitraire à la loi en ouvrant par là la porte à l'angoisse qui naît de la liberté d'un désir n'ayant plus à se situer par rapport à l'interdit. La loi, de loi du Père, devient loi d'amour, c'est-à-dire s'absorbe dans l'instance même à laquelle elle aurait dû servir de limite. La possession symbolique de la mère qui suit cette abdication arbitraire du père s'en trouvera du reste affectée puisque le héros déclarera lui-même : « J'aurais dû être heureux : je ne l'étais pas.[12] » Resté seul avec sa mère, l'enfant,

11. *Ibid.*, pp. 36-37.
12. *Ibid.*, p. 38.

qui voit pour la première fois sa tristesse de chaque soir accueillie comme un mal involontaire, et non plus comme une faute punissable, et qui touche par là à ce qu'il nomme lui-même « une sorte de puberté du chagrin », va donc être gratifié de la lecture de *François le Champi* de George Sand, l'un des quatre romans champêtres de cet auteur, que sa grand-mère devait lui offrir pour sa fête le surlendemain. Cette lecture, comme nous allons le voir, est doublement initiatrice. D'abord, *François le Champi* est le premier roman qu'il lui est donné de lire : « Maman s'assit à côté de mon lit ; elle avait pris *François le Champi* à qui sa couverture rougeâtre et son titre incompréhensible donnaient pour moi une personnalité distincte et un attrait mystérieux. Je n'avais jamais lu encore de vrais romans. J'avais entendu dire que George Sand était le type du romancier. Cela me disposait déjà à imaginer dans *François le Champi* quelque chose d'indéfinissable et de délicieux.[13] » Or ce qui va faire de cette lecture un événement proprement inoubliable, c'est qu'à cette primeur qu'est l'initiation au monde du romanesque va se greffer le sujet très particulier qui est celui de ce roman. *François le Champi* raconte en effet les amours d'une meunière et d'un enfant trouvé dans les champs, un « champi », justement, qui, une fois devenu grand, épousera sa mère

13. *Ibid.*, p. 41.

adoptive[14]. La thématique œdipienne est si forte, le parallélisme de la situation entre le texte de Proust et celui de Sand est si évident que la mère y réagira en lui imposant une curieuse censure qui consiste à « passer toutes les scènes d'amour » : « Aussi, ajoute le narrateur, tous les changements bizarres qui se produisent dans l'attitude respective de la meunière et de l'enfant et qui ne trouvent leur explication que dans les progrès d'un amour naissant me paraissaient empreints d'un profond mystère dont je me figurais volontiers que la source devait être dans ce nom inconnu et si doux de "Champi", qui mettait sur l'enfant qui le portait sans que je susse pourquoi, sa couleur vive, empourprée et charmante.[15] » S'il est significatif de la réaction du futur romancier qu'il assigne le mystère de la relation amoureuse à ce nom de « Champi », qui concentre en lui comme l'essence du pouvoir suggestif du langage, il ne l'est pas moins que ce nom vienne à s'investir de sa signifiance au lieu exact du mystère d'amour.

Mais il y a plus. S'il est relativement discret sur le sujet même du roman de George Sand, le texte de Proust est par contre beaucoup plus explicite sur la manière dont la mère le lit à l'enfant. La voix de

---

14. Il est piquant de noter dans ce contexte que le nom de la meunière est Madeleine. On comprend mieux, en suivant le jeu des déplacements symboliques, comment l'absorption ultérieure de la petite madeleine renouera la mémoire à cette époque d'un amour sans limite.

15. *Ibid.*, p. 42.

cette lectrice est célébrée dans des termes qui font d'elle une véritable artiste. Ce que « maman » institue donc entre elle, François le Champi et le « je », c'est donc l'espace d'une communauté où la langue maternelle — qui est à la fois celle de la romancière, des personnages de son roman dont Françoise la servante, par ses obstinations dialectales, est comme la figure vivante, et celle de la mère — joue le rôle d'un lien amoureux où le désir de l'enfant peut venir symboliquement rencontrer le désir de celle qu'il aime, dont la voix est comme le mode privilégié :

Si ma mère était une lectrice infidèle, c'était aussi, pour les ouvrages où elle trouvait l'accent d'un sentiment vrai, une lectrice admirable par le respect et la simplicité de l'interprétation, par la beauté et la douceur du son [...]. De même, quand elle lisait la prose de George Sand, qui respire toujours cette bonté, cette distinction morale que maman avait appris de ma grand-mère à tenir pour supérieures à tout dans la vie, et que je ne devais lui apprendre que bien plus tard à ne pas tenir également pour supérieures à tout dans les livres, attentive à bannir de sa voix toute petitesse, toute affectation qui eût pu empêcher le flot puissant d'y être reçu, elle fournissait toute la tendresse naturelle, toute l'ample douceur qu'elles réclamaient à ces phrases qui semblaient écrites pour sa voix et qui pour ainsi dire tenaient tout entières dans le registre de sa sensibilité. Elle retrouvait pour les attaquer dans le ton qu'il faut l'accent cordial qui leur préexiste et les dicta, mais que les mots n'indiquent pas ; grâce à lui elle amortissait au passage toute crudité dans le temps des verbes, donnait à l'imparfait et au passé défini la douceur qu'il y a dans la bonté, la mélancolie qu'il y a dans la tendresse, dirigeait la phrase qui finissait vers celle qui allait commencer, tantôt pressant, tantôt ralentissant la marche des syllabes pour les faire entrer, quoique leurs quantités fussent différentes, dans un rythme uniforme, elle insufflait à cette prose si commune une sorte de vie sentimentale et continue [16].

Interprétant la prose de George Sand, la voix de la mère ne fournit-elle pas comme le modèle, reçu passivement par l'oreille de l'enfant, de ce que je nommais le type d'investissement primordial de la langue maternelle qui peut servir de base plus tard à l'investissement, actif cette fois, de cette même langue par l'écrivain ? Or remarquons qu'au-delà de l'imprégnation si fortement œdipienne de cet épisode, le livre qui réapparaît tout à la fin du *Temps retrouvé*, lorsque se suivent comme des coups de cymbales la série des révélations qui vont permettre au héros devenu le narrateur de saisir enfin la clef de l'œuvre qu'il cherche à écrire depuis l'époque maintenant lointaine de Combray, c'est

16. *Ibid.*, pp. 42-43.

précisément *François le Champi*. Retrouvé dans la bibliothèque du prince de Guermantes, le roman de George Sand frappe aux larmes celui qui l'avait distraitement tiré des rayons où il était classé :

C'était une impression bien ancienne, où mes souvenirs d'enfance et de famille étaient tendrement mêlés et que je n'avais pas reconnue tout de suite. Je m'étais au premier instant demandé avec colère quel était l'étranger qui venait me faire mal. Cet étranger, c'était moi-même, c'était l'enfant que j'étais alors, que le livre venait de susciter en moi, car, de moi ne connaissant que cet enfant, c'est cet enfant que le livre avait appelé tout de suite, ne voulant être regardé que par ses yeux, aimé que par son cœur, et ne parler qu'à lui. Aussi ce livre que ma mère m'avait lu haut à Combray presque jusqu'au matin, avait-il gardé pour moi tout le charme de cette nuit-là[17].

Comment ne pas voir que dans ces retrouvailles avec soi-même, et à travers elles avec sa mère, le héros devenu adulte réactualise précisément, dans l'instant de la découverte de sa vocation à écrire, la double structure de liaison et de séparation, de proximité et de distance qui est constitutive du don de la langue par la mère, du don de la langue maternelle ? En découvrant le sujet de son livre, et

17. *Ibid.*, t. III, p. 884.

en comprenant que ce sujet n'est rien d'autre que lui-même, le « je » comprend en même temps à quel point sa vocation d'écrivain est fondée sur le souvenir inoubliable d'une nuit d'amour dans laquelle il faut voir, sans doute, la cristallisation du lien à la fois verbal et amoureux qui l'a uni depuis toujours à sa mère : lien d'amour médiatisé par la langue, lien verbal porteur de l'amour, lien qui est aussi lieu d'une identité à laquelle l'écriture donnera son visage définitif, mais dont la voix de la mère avait préfiguré la tonalité unique. C'est, me semble-t-il, dans cette possession à distance de la mère (distance chronologique aussi bien que réelle) qu'activera l'emploi de la langue maternelle par l'enfant devenu écrivain que surgira la véritable proximité amoureuse qui habite tant le langage que la relation entre la mère et l'enfant.

Au reste, si le cas de Proust ne suffisait pas, celui d'Elias Canetti paraît encore plus exemplaire pour notre propos, même s'il est par ailleurs plus complexe et plus mystérieux. On connaît la constellation linguistique unique dans laquelle le petit Elias a grandi. Né de parents juifs espagnols installés en Bulgarie, il ne parle tout d'abord que l'espagnol (avec ses parents et avec la communauté familiale et juive) et le bulgare (avec les jeunes filles qui aident aux tâches ménagères), même s'il entend ses parents parler entre eux un allemand qui devient ainsi à la fois une langue amoureuse, hors d'atteinte, puisqu'il ne la parle pas, et secrète, puisque ses parents y recourent pour n'être pas compris de lui, et qu'il la fantasme comme le lieu des mystères à la connaissance desquels il n'est pas admis : « Je croyais qu'il devait s'agir de choses merveilleuses qu'on ne pouvait dire que dans cette langue.[18] » Privation qui, on s'en doute, avive chez lui une curiosité à la mesure du mystère que représente cet amour : « ... de mes nombreux vœux passionnés de cette époque, le plus passionné de tous était de comprendre leur langue secrète.[19] » Transporté à Manchester à l'âge de six ans, il y apprend l'anglais, mais, à la mort de son père auquel le reliait un amour fait d'identification et d'idéalisation très intenses, il surmonte son deuil en prenant pour ainsi dire en charge cette mère dont il se sent désormais responsable, si curieuse que puisse paraître cette expression à propos d'un enfant de huit ans, et qui, ayant décidé de s'installer à Vienne, lui inflige, lors d'un séjour à Lausanne, l'apprentissage de l'allemand avec une autorité aussi impitoyable qu'efficace. Revenant cinquante ans plus tard sur cet épisode, il note à tout le moins que « ... à Lausanne, sous l'effet de ma mère [...], je renaquis à la langue

18. « Ich glaubte, dass es sich um wunderbare Dinge handeln müsse, die man nur in dieser Sprache sagen könne. » E. Canetti, *Die gerettete Zunge,* Francfort, 1979, p. 32.

19. « Unter den vielen heftigen Wünschen dieser Zeit blieb es für mich der heftigste, ihre geheime Sprache zu verstehen. » *Ibid.,* p. 33.

allemande et c'est dans les crampes de cette naissance qu'est née la passion qui me lie à toutes deux, à ma mère et à la langue. Sans ces deux, qui, au fond n'étaient qu'une seule et même chose, le déroulement ultérieur de ma vie serait absurde et incompréhensible »[20].

Le plus curieux, dans l'histoire d'Elias Canetti, n'est toutefois pas cette identification de l'amour pour la langue et de l'amour pour la mère, ou de la langue et de la mère. En tant que marque d'amour, en tant que signe d'élection (Elias est le seul des trois enfants auquel sa mère enseigne l'allemand, les deux cadets étant jugés trop petits), l'investissement de la langue allemande par la mère, en tant que langue de son amour en deuil, et, par rebond, l'investissement de l'enfant hissé par cet apprentissage au rang d'interlocuteur et même, disons-le, de tenant lieu du père, autant que l'investissement réciproque de la langue par l'enfant qui veut se montrer à la hauteur de l'attente de sa mère, sont des gestes relativement aisés à comprendre. Le plus étonnant nous paraît au contraire la traduction rétroactive de la mémoire des premières années, donc des années vécues en espagnol et en

20. « ... in Lausanne [...] wurde ich unter der Einwirkung der Mutter zur deutschen Sprache wiedergeboren und unter dem Kramp dieser Geburt entstand die Leidenschaft, die mich mit beidem verband, mit dieser Sprache und mit dieser Mutter. Ohne diese beiden, die im Grunde ein und dasselbe waren, wäre der weiter Verlauf meines Lebens sinnlos und unbegreiflich. » *Ibid.*, p. 91.

bulgare, en mémoire germanophone : « Les événements de ces années me sont présents dans toute leur force et toute leur fraîcheur — je m'en suis nourri pendant plus de soixante ans —, mais ils sont liés pour la plupart à des mots qu'à l'époque je ne connaissais pas. Il me semble naturel à présent de les consigner, je n'ai pas le sentiment de modifier ou de déformer par là les choses. Il ne s'agit pas de la traduction littéraire d'un livre d'une langue dans une autre, mais d'une traduction qui s'est réalisée d'elle-même dans l'inconscient.[21] » Tout se passe donc ici comme si la seconde langue maternelle avait, du fait de son importance amoureuse décisive, remplacé la première en signifiant de la manière la plus éclatante l'importance de l'investissement du langage et en jetant les bases du choix ultérieur de l'écrivain. La renaissance du petit Elias, par et à travers sa maîtrise de l'allemand, signifie donc à la fois sa re-naissance comme partenaire amoureux de sa mère et le lieu de recherche de son identité future. Les lecteurs de *La Langue sauvée* savent du reste très bien la formidable valorisation de la littérature par cette mère. Pour le dire autrement, on pourrait noter ici comment la relation affective a imposé sa forme (verbale) à un ordre de représentation (les souvenirs) qu'elle a non seulement réinvesti, mais auquel elle seule donne le sens que l'adulte est ensuite capable d'élaborer sur le

---

21. *Ibid.*, p. 16.

plan littéraire. Inversement, il y a fort à parier qu'une semblable traduction intérieure ou « inconsciente » n'a pu se faire que parce que le don de la première langue maternelle (l'espagnol) était déjà lui-même suffisamment valorisé pour s'offrir comme modèle d'investissement. Au reste la présence énigmatique de l'allemand comme langue du secret parental dès les premières années n'a pas pu ne pas jouer un rôle capital dans la disposition ultérieure, tant de l'enfant de huit ans que de l'adulte, à apprendre puis à choisir cette langue : si, comme nous l'avons posé, le choix de l'écriture est lié à une tentative de réactivation du lien spécifique qu'avait projeté à l'origine la langue maternelle, rien n'interdit de penser que les fantasmes originaires ou la curiosité sexuelle primaire de l'enfant ne soient également liés à cette langue.

On demandera peut-être, arrivé à ce point, si le modèle développé ici n'est pas trop exclusivement masculin pour prétendre à une validité universelle. Qu'en est-il, en effet, objectera-t-on, de la relation de la femme écrivain à sa langue ? Le modèle œdipien n'est-il pas trompeur dans la mesure où sa logique devrait plutôt, si l'on suit le raisonnement adopté jusqu'ici, amener la femme à rejeter cette langue surinvestie dans la relation à la mère pour se tourner vers l'espace symbolique du père ? Cette objcction n'en est pas vraiment une. D'une part, en effet, la mère est *pour les deux sexes* l'objet primordial. Que cet attachement premier coïncide avec le don de la langue ancre donc le destin des écrivains hommes et femmes dans une origine comparable où le jeu de la parole s'enlève sur le fond d'une relation dialectique non pas avec le *sexe*, mais le corps de la mère. Il en découle que le lien libidinal premier ne s'opère dans les deux cas que par un mécanisme d'après-coup. C'est après coup que l'attachement œdipien orientera la sexualisation de la parole en fonction de la différence des sexes. Or cette orientation est peut-être facilitée par ce qu'on pourrait nommer, par analogie avec la bisexualité psychique, la bisexualité de la langue. Il est en effet très frappant, lorsqu'on interroge les images que les écrivains ont avancées au cours des siècles pour métaphoriser le processus de la création, de constater à quel point elles hésitent entre des images féminines d'engendrement (ne parle-t-on pas de gestation, d'« accouchement », voire de « nourrissage » d'une œuvre ?) et des images masculines de façonnement ou d'empreinte (depuis le *Exegi monumentum aere perennius* d'Horace, qui postule le parallélisme de l'écriture et de la sculpture, jusqu'à la construction du roman sur le modèle architectural d'une église à la fin de la *Recherche du temps perdu*). La langue est alternativement perçue comme un milieu à inséminer ou comme un agent inséminateur, comme une instance féminine ou une instance phallique[22]. Rien n'interdit donc de penser que la « sexualisation » de la langue que l'écrivain femme opérera inconsciemment actualisera davantage le versant féminin de celle-ci, rendant possible par là une rencontre symbolique avec le père. Rien n'interdit non plus, il est vrai, de compléter cette actualisation par une actualisation inverse, la femme prenant alors imaginairement la position masculine dans le maniement d'une langue destinée à lui permettre inconsciemment de procréer un enfant (une œuvre) avec sa propre mère, dans une sorte de rivalité phallique avec les écrivains hommes : les cas de George Sand

22. Rien de plus éloquent, sur ce dernier aspect, que l'emblème consacré à la « garrulitas » (l'incontinence verbale), dans le livre des *Devises héroïques* de Claude Paradin (1551), qui représente l'organe de la langue sous la forme d'un phallus ailé à queue de serpent, symbole des dangers d'une langue trop prompte à parler. On peut retrouver une reproduction de cet emblème ainsi que de celui, beaucoup plus élaboré, de Rollenhagen qu'il a inspiré dans le livre de Barbara Bowen, *Words and the Man* (Londres, 1980, p. 99). Il est frappant de constater que Christine de Pisan, dans son « autobiographie », décrit la naissance de sa vocation d'écrivain à l'aide d'images simultanément masculines et féminines. « Nature » s'adresse à elle pour lui dire : « Prens les outils et fiers (= frappe) sur l'enclume la matière que je te bailleray si durable que fer ne feu ne autre chose ne la pourra despecer ; si forge choses delictables. Ou temps que tu portoies les enfants en ton ventre, grant douleur a l'enfanter sentoies. Or vueil que de toi naiscent nouveaulx volumes lesquieulx le temps a venir et perpetuelment, au monde presenteront ta memoire devant les princes et par lumiers en toutes places lesquieulx en joye et delit tu enfanteras de ta memoire non obstant le labour et le travail. Lequel, tout ainsi comme la femme qui a enfanté, si tost que ot (= entend) le cry de l'enfant, oublie son mal, oubliera le travail du labour oyant la voix de tes volumes » (*"L'Avision Christine"*, cité par Jacqueline Cerquiglini dans sa préface à *Cent ballades d'amant et dame*, de Christine de Pisan, Paris, UGE 10/18, 1982, p. 14).

ou de George Eliot adoptant toutes deux un prénom masculin pourraient être cités à l'appui d'une pareille hypothèse. On a sans doute sous-estimé jusqu'ici l'importance de la bisexualité psychique dans le processus créateur, qui permettrait de rendre compte non seulement des identifications masculines comme celles qu'on vient de citer, mais encore des identifications féminines qu'on rencontre à chaque pas chez les écrivains hommes. Pour rester dans le cercle des écrivains déjà cités, Proust ne dit-il pas, à propos de la page rédigée, enfant, sur les clochers de Martinville, qu'il se sentait, après l'avoir écrite, « si heureux », que, « comme si j'avais été moi-même une poule et si je venais de pondre un œuf, je me mis à chanter à tue-tête » ?

Il est probable que, dans l'estimation que l'on peut faire des rapports entre le processus de création littéraire et son fondement libidinal, il convient de garder à l'esprit l'avertissement de Freud relatif à la structure double du complexe d'Œdipe développé, « héritière de la bisexualité primitive de l'enfant » : « Le garçon ne fait pas seulement preuve d'ambivalence à l'endroit de son père et d'un choix d'objet tendre à l'égard de sa mère, mais il se comporte en même temps comme une fille, faisant preuve d'une attitude de tendresse féminine à l'endroit du père et de l'attitude d'hostilité jalouse correspondante à l'endroit de sa mère.[23] » À transposer le raisonnement pour la fille, il est facile de voir que l'investissement tendre de la mère, étayé comme il l'est sur la base du choix de celle-ci comme l'objet primitif, pourra se faire après coup, à l'âge adulte (ou plutôt, et la nuance n'est peut-être pas sans signification, à l'adolescence, époque habituelle des premières tentatives littéraires et période de reviviscence œdipienne), le support d'une relibidinalisation de la langue complémentaire à l'union symbolique avec le père.

Du coup, s'expliquerait en partie une autre dimension qui est liée dans les deux sexes à la question de l'écriture, même si c'est de façon moins visible, et qui concerne la culpabilité. Culpabilité liée à l'acte même d'écrire, en tant que celui-ci s'accompagne inconsciemment chez l'écrivain du parricide ou du matricide œdipien auquel est lié l'investissement du langage et même, au-delà de ce meurtre symbolique, de l'utilisation d'autrui à des fins esthétiques. Proust, une nouvelle fois, est le plus lucide sur ce point, qui note : « Tous ces êtres qui m'avaient révélé des vérités et qui n'étaient plus m'apparaissaient comme ayant vécu une vie qui n'avait profité qu'à moi »[24], avouant par là un sentiment de faute dont l'œuvre devient dès lors à

23. Freud, « Das Ich und das Es », *Studienausgabe,* t. III, p. 300. Nous traduisons.

24. Proust, *loc. cit.,* t. III, p. 902.

la fois le lieu de révélation et celui d'un désir d'expiation. L'œuvre, on le voit clairement à cette page, s'avoue tout ensemble comme le théâtre de la cruauté et comme réparation symbolique : « J'avais beau croire que la vérité suprême de la vie est dans l'art, j'avais beau, d'autre part, n'être pas plus capable de l'effort de souvenir qu'il m'eût fallu pour aimer encore Albertine que pour pleurer encore ma grand-mère, je me demandais si tout de même une œuvre d'art dont elles ne seraient pas conscientes serait pour elles, pour le destin de ces pauvres mortes, un accomplissement. Ma grand-mère que j'avais, avec tant d'indifférence, vue agoniser et mourir près de moi ! Ô puissé-je, en expiation, quand mon œuvre serait terminée, blessé sans remède, souffrir de longues heures, abandonné de tous, avant de mourir ! D'ailleurs, j'avais une pitié infinie même d'êtres moins chers, même d'indifférents et de tant de destinées dont ma pensée en essayant de les comprendre avait, en somme, utilisé la souffrance, ou même seulement les ridicules.[25] » Ce qu'il y a de remarquable dans ce passage, c'est que liant l'amour pour Albertine à celui pour la grand-mère, il en dévoile de la façon la plus manifeste le caractère œdipien, mais n'en avoue pas moins en même temps une culpabilité envers ces deux femmes qui renvoie, quant à elle, à une ambivalence archaïque, fondée sur la bisexualité psychi-

25. *Ibid.*

que, et dont le désir masochique de souffrance expiatoire révèle *a contrario* la nature sadique. Aussi bien la dimension de *réparation*, qui est si vive dans la *Recherche*, se donne-t-elle à comprendre comme l'effet probable de cette structure double du complexe d'Œdipe développé qui, sans doute, préside seule à la détermination du choix de l'écriture, versant masculin et versant féminin de son activation se rejoignant dans une dialectique différentielle qui ne remet pas fondamentalement en cause l'hypothèse que nous avons soutenue.

MYTHES DU SUJET : À PROPOS DE L'AUTOBIOGRAPHIE ET DE LA CURE ANALYTIQUE

A Nicos Nicolaïdis

Parmi les évidences que la plus superficielle des sociologies culturelles permet de mettre à jour, l'expansion parallèle de la psychanalyse et de l'autobiographie depuis le début du XXe siècle ne peut manquer de frapper l'attention. Qu'on se place du point de vue de la diffusion des livres ou de celui d'une étude des prises en charge thérapeutiques, le constat est le même : l'essor de la recherche ou de l'affirmation de soi, sous sa forme écrite ou analytique, appartient aux caractéristiques d'une société qui a vu, dans le même temps, l'atomisation de ses membres s'accentuer toujours davantage.

Plutôt que de s'attacher aux causes extérieures de cette corrélation, les pages qui suivent voudraient en interroger l'aspect structural. Laissant aux historiens et aux sociologues le soin d'en comprendre le devenir, nous aimerions en proposer une lecture qui soit fondée dans la constellation subjective qui la sous-tend plus que dans les déterminations objectives de celle-ci.

À première vue, en tout cas, autobiographie et cure analytique peuvent apparaître comme les deux faces d'une même tentative de connaissance de soi, les deux versants d'un même processus d'intégration subjective que chacun serait libre de choisir selon son talent ou son désir. Et, de fait, les deux entreprises se recoupent sur plus d'un point, comme nous chercherons à le montrer. Au moment d'aborder une telle comparaison, il importe toutefois de marquer, de la manière la plus claire, une différence fondamentale. Ainsi que son nom l'indique, l'autobiographie est une opération solitaire, fondée sur la référence intérieure ou réflexive d'un sujet à lui-même. Quand bien même je destinerais mon livre à autrui, c'est moi qui me raconte ma propre vie, moi qui me l'explique et qui m'en rends compte à moi-même. Si éloigné que je puisse me tenir de celui que j'ai été ou crois avoir été, c'est moi et moi seul, qui chercherai à écrire la biographie de ce moi.

Il n'en va pas de même dans l'analyse, où l'espace, de subjectif, devient structurellement intersubjectif et où surtout s'établit par le transfert un type de relation dont tout le sens est de déjouer le repli narcissique de l'analysant : là où l'autobiographe est seul avec lui-même pour narrer et pour comprendre son passé ou son identité, l'analysant a d'entrée de jeu suspendu son rapport à soi à son rapport à l'analyste, dont les interventions auront pour fonction non seulement de court-circuiter l'autoséduction dont témoigne si souvent l'écriture sur soi, mais encore de modifier ce rapport du moi à lui-même.

I. LA DEMANDE, LE PROJET

Au départ de la cure analytique, il y a une demande qu'à vouloir reconnaître dans sa plus grande généralité on peut définir comme une demande de changement. Le patient qui entre en analyse y vient à la poursuite d'une unité, ou du moins d'une liberté qu'il sent rompue ou entravée, et dont il espère le retour ou la conquête. Le paradoxe de cette demande est qu'elle passe par l'adresse à un analyste, c'est-à-dire par l'adresse à un Autre véritable. Adresse paradoxale, dont la possibilité repose sur le mouvement de transfert par lequel l'analysant se met en jeu en assignant comme objet à son identité la place de cet analyste dont il attend en retour, à travers le déploiement de l'amour ou de l'attachement qu'il va lui vouer, la restitution de sa propre intégrité.

La demande d'unité n'est vraisemblablement pas beaucoup moins forte dans le projet autobiographique que dans le début de la cure, mais elle y cède à une autre exigence. Avec les mots de Stendhal, ici l'un des exposants les plus précis du genre, au début de la *Vie de Henry Brulard* : « Je me suis assis sur les marches de San Pietro, et là, j'ai rêvé une heure ou deux à cette idée. Je vais avoir cinquante ans, il serait bien temps de me connaître. Qu'ai-je été ? Que suis-je ? En vérité, je serais bien embarrassé de le dire.[1] » Au départ de l'autobiographie donc, une interrogation, un « qui suis-je ? » qui, s'il défère toujours, de manière plus ou moins avertie, à l'injonction du *gnôti seauton*, se transforme sans tarder en décision d'écrire : « Le soir, en rentrant assez ennuyé de la soirée de l'ambassadeur, je me suis dit : ''Je devrais écrire ma vie, je saurai peut-être enfin, quand cela sera fini dans deux ou trois ans, ce que j'ai été''.[2] » L'enchaînement des deux passages montre à l'évidence comment l'écriture s'articule comme projet de réponse à la question initiale du sujet. De *je* à *je* s'institue donc une distance ouvrant la voie d'une connaissance de soi dont il faudra montrer plus tard qu'elle est rêvée aussi bien comme unité. Le paradoxe de cette attente-ci, c'est que le sujet en espère une découverte qui ne peut venir que de lui-même. D'où l'objection qui vient à l'esprit : mais pourquoi faire intervenir l'écriture dans un procès qui n'a besoin

1. Stendhal, *Œuvres intimes,* Paris, Bibliothèque de la Pléiade, 1982, t. II, p. 532.

2. *Ibid.*, p. 533.

que de l'évidence intérieure et immédiate pour aboutir ? Et de fait, un Rousseau, par exemple, répondra sans hésiter dès la première page de son entreprise : « je sens mon cœur »[3], comme il avait déjà déclaré à M. de Malesherbes que, « passant ma vie avec moi, je dois me connaître »[4]. Et pourtant, à y regarder de plus près, le schéma des relations intersubjectives n'est pas si différent. En s'avouant dans son ignorance de soi et en formulant l'espoir d'une connaissance de soi future, le *je* stendhalien atteste implicitement sa division entre sa qualité d'objet à connaître et sa qualité de sujet connaissant. La question qui se pose dès lors est la qualité de l'Autre. Cet Autre, que l'analyste est pour l'analysant, et que le moi ne peut être en tant que tel pour lui-même (du moins pas pour la connaissance immédiate de soi), qui pourra donc l'incarner ? Deux instances. L'écriture, tout d'abord. L'écriture est une forme de l'Autre dont le sujet se promet révélation, dans la mesure où elle est postulée comme le mouvement et surtout comme le lieu de la vérité sur soi : pour Stendhal comme pour beaucoup d'autres, temps de l'écriture et temps de la connaissance de soi se confondent dans une dynamique grâce à laquelle le *je* est censé pouvoir sortir de soi pour approcher et pour identifier ce soi.

3. Rousseau, *Œuvres complètes,* Paris, Bibliothèque de la Pléiade, 1959, t. I, p. 5.

4. *Ibid.,* p. 1133. *Cf.* aussi sur ce point Jean Starobinski, *Jean-Jacques Rousseau, la transparence et l'obstacle,* Paris, Gallimard, 1971, p. 216.

« L'art, comme l'écrit Paul Celan dans *Le Méridien*, crée la distance intérieure du *je*.[5] » Cette distance, nul besoin de l'assigner à une force mystérieuse, elle est liée au pouvoir créateur des mots, nous y reviendrons. Écoutons plutôt parler Proust à son propos : « Un livre est le produit d'un autre moi que celui que nous manifestons dans nos habitudes, dans la société, dans nos vices. Ce moi-là, si nous voulons essayer de le comprendre, c'est au fond de nous-même, en essayant de le recréer en nous, que nous pouvons y parvenir.[6] » En tant qu'elle met à la disposition de qui s'en constitue le sujet des structures objectives de son déploiement, l'écriture est comme un balcon à la balustrade duquel le *je* peut se pencher sur son propre paysage.

L'autre instance, c'est le lecteur. Ici le cas de Rousseau est exemplaire, qui, dès le préambule des *Confessions*, axe son projet autobiographique sur la prise à témoin de ses lecteurs : « Je forme une entreprise qui n'eut jamais d'exemple et dont l'exécution n'aura point d'imitateur. Je veux montrer à mes semblables un homme dans toute la vérité de sa nature ; et cet homme ce sera moi.[7] » Mis en position de spectateur-juge, le lecteur est indirectement interpellé selon la même structure de récipro-

5. « Kunst schafft Ich-Ferne. » Celan, *Ausgewählte Gedichte,* Francfort, Suhrkamp, 1970, p. 139.

6. Proust, *Contre Sainte-Beuve,* Paris, Bibliothèque de la Pléiade, 1971, pp. 221-222.

7. Rousseau, *op. cit.,* p. 5.

cité inverse qui définit selon Lacan le langage humain : « Être éternel, rassemble autour de moi l'innombrable foule de mes semblables : qu'ils écoutent mes confessions, qu'ils gémissent de mes indignités, qu'ils rougissent de mes misères. Que chacun d'eux découvre à son tour son cœur aux pieds de ton trône avec la même sincérité ; et puis qu'un seul te dise, s'il l'ose : je fus meilleur que cet homme-là.[8] » Appuyée sur son invocation à « l'Être éternel », le grand Autre, l'ouverture des *Confessions* place délibérément le héros au centre du cercle de ses lecteurs, dont le regard tour à tour souverain puis désarmé, voire humilié, est censé lui renvoyer le message émerveillé de sa supériorité ou plutôt de sa prééminence morale en lui laissant entendre que nul d'entre eux ne fut meilleur que lui.

Sans doute Rousseau est-il un cas extrême, et du reste chez lui l'appel au lecteur comme à l'Autre se double, il est facile de le montrer, d'une stratégie par laquelle l'altérité même de celui-ci est quasi annulée. Il n'empêche que le recours au lecteur comme à l'instance dont l'autobiographe attend la légitimation de son identité, tel que Rousseau le donne à voir, ne cessera d'accompagner cette forme d'écriture dont un Michel Leiris formulera plus tard la loi en comparant son entreprise à une tauromachie par laquelle l'auteur affronte symboliquement

8. *Ibid.*

à travers ses confessions la corne d'un public de lecteurs prêts à le déchirer [9].

II. LES VOIES DE L'UNITÉ

Au-delà du schéma structural par lequel elles articulent chacune leur espace subjectif, la cure analytique et l'autobiographie se rejoignent encore, dans la visée qu'un *je* y poursuit de son unité, par leur élection commune du champ dans lequel elles choisissent de se déployer ainsi que du mode sur lequel ce champ se découvre : le langage et la remémoration.

Le Langage

S'il n'est pas question de refaire après Lacan et Green la théorie des rapports entre l'inconscient et le langage, il n'en est pas moins vrai que l'apparente évidence du lien entre le langage et la réappropriation de soi reste passible de quelques questions.

Que l'identité subjective soit liée au langage est d'abord un fait de structure. C'est par le langage que le sujet se constitue comme tel, s'il est vrai, comme Benveniste l'a formulé, qu' « est ego qui

9. Michel Leiris, « De la littérature considérée comme une tauromachie », *L'Âge d'homme*, Paris, Gallimard, 1946.

dit ego »[10] ou que « c'est dans l'instance du discours où *je* désigne le locuteur que celui-ci s'énonce comme "sujet" »[11]. Même à supposer comme Descartes une ipséité du moi réduite à la forme du *cogito*, ce dernier a besoin du langage pour s'affirmer dans sa nature de chose pensante et existante, et donc dans sa propre certitude[12]. Mais, du coup, voici qui ouvre des perspectives capitales. Car si, pour citer encore Benveniste, un *je* « ne dénomme aucune entité lexicale »[13] et se contente de renvoyer à son propre acte d'énonciation — condition grâce à laquelle chaque locuteur peut s'approprier l'ensemble de la langue —, l'identité de ce *je* se divise, dans le moment même où elle se pose, en *je* de l'énonciation et en *je* de l'énoncé. Aussi bien, la quête de l'identité dans et à travers la parole du *je* (qui se confond ici avec la quête de son unité) se déploie-t-elle sous les auspices d'un mouvement à la fois progrédient et rétrospectif. Progrédient, car cette identité ne peut être que l'horizon asymptotique d'une visée in-finie ; rétrospectif, car le seul fondement de cette visée, c'est la somme des énoncés que *j*'ai déjà proférés et qui me constituent en ce que *je* suis. L'acte d'énonciation de soi dans le langage postule donc de lui-même l'épaisseur

10. Émile Benveniste, *Problèmes de linguistique générale*, Paris, Gallimard, 1966, t. I, p. 260.
11. *Ibid.*, p. 262.
12. Descartes, *Les Méditations métaphysiques*, Paris, P.U.F., 1963, p. 41.
13. Émile Benveniste, *loc. cit.*, p. 262.

mémorielle de ce soi comme constitutive de sa subjectivité. L'articulation entre cet état de fait et le discours tenu dans la séance, d'une part, et l'acte autobiographique, d'autre part, est évidente : autobiographie et cure analytique sont des pratiques dans lesquelles le dégagement de l'identité subjective à venir emprunte les voies de la remémoration, même si, dans le cas de l'analyse, cette remémoration prend vite la forme d'une construction articulée sur le transfert.

Différemment, le fondement verbal de l'identité personnelle voue celle-ci à l'intersubjectivité. Comme Buber l'avait bien vu[14], le *je* linguistique n'existe jamais que devant un *tu* ou plutôt n'existe que comme pôle d'une *relation* qui constitue simultanément chacun des locuteurs et qui leur préexiste : pour que le *je* puisse se poser comme tel, il faut nécessairement que la langue ait mis à sa disposition le *couple* pronominal par lequel il pourra se découvrir dans son identité de terme relationnel[15]. Que ce couple (*je / tu*) se découvre à son tour comme conditionnant l'ordre du *il* (*elle*) en même temps que conditionné par lui ouvre dès lors la question de l'identité à la dimension du tiers ou de la triade, qui seule permet, comme nous l'avons vu, d'articuler de manière correcte les rapports de soi à soi,

14. Martin Buber, *Das dialogische Prinzip,* Heidelberg, Lampert Schneider, 1965, pp. 7 *sq.*

15. Émile Benveniste, *loc. cit.*, pp. 251 *sq.*

à la condition de reconstruire dans cette triade un triangle œdipien.

Si tentante que soit l'illusion de pouvoir modeler la question de l'identité sur son fondement grammatical, il faut toutefois se garder d'oublier qu'une structure linguistique, si elle propose un modèle d'articulation de l'instance subjective, ne suffit pas pour autant à rendre compte de celle-ci. Le *je* qui vient à être (à se diviser) dans le langage ne s'approprie celui-ci que pour renvoyer aussitôt à la profondeur non verbale qui le constitue dans son historicité existentielle, même si, à l'inverse, celle-ci ne trouve à se formuler, à se révéler à soi-même et à autrui que dans la parole. Pour le dire autrement, le langage est à la fois lieu et instrument, but et moyen[16].

C'est très tôt que Freud a reconnu la double nature du langage. Dès l'*Esquisse* de 1895, on peut lire en effet :

Non seulement les associations verbales rendent possible la connaissance, mais encore elles réalisent autre chose de très important. Les frayages entre neurones constituent, nous le savons, la « mémoire » — la représentation de toutes les influences exercées par le monde extérieur. Mais le moi investit

16. Nous rejoignons ici la conception du langage d'André Green telle qu'il l'a exposée dans « Le Langage dans la psychanalyse », *Langages,* Paris, Les Belles-Lettres, 1984, pp. 19-250.

lui aussi les neurones et suscite des courants qui ne manquent pas de laisser des traces sous la forme de frayages. Or on ne possède aucun moyen d'établir une distinction entre ces traces (les résultats des processus cogitatifs) et les résultats des processus perceptifs. Il doit être possible de reconnaître et de reproduire les processus perceptifs grâce à leur association avec les décharges de la perception ; mais les frayages produits par la pensée ne laissent derrière eux que leurs effets et non la mémoire. Un frayage de pensée peut, tout aussi bien, se réaliser par un unique processus intense que par dix processus moins impressionnants. Or, les indices de décharge par la voie du langage peuvent servir à pallier cette insuffisance. Ils portent les principes cogitatifs sur le plan même des processus perceptifs en leur conférant une réalité et en rendant possible leur souvenir[17].

Situé à l'intersection entre l'intérieur de l'appareil psychique (ψ) et le monde offert aux processus perceptifs, le langage (ou plus exactement : les associations verbales permises par le langage) médiatise l'identification de processus de pensée qu'il rend — et c'est là une corrélation qui nous intéresse — *mémorisables*. Mais cette médiation, loin de s'effacer derrière son effet, tend simultanément à

17. S. Freud, *La Naissance de la psychanalyse,* Paris, P.U.F., 1956, p. 376. Nous soulignons.

conférer au langage une valeur de reconnaissance ainsi qu'un pouvoir de repérage et de discrimination qui débordent sa seule fonction instrumentale. Et cela de deux façons. D'une part par un approfondissement de la notion même de langage, et de l'autre par sa transformation en objet. Dans les *Études sur l'hystérie* dont la publication précède de quelques mois la rédaction de l'*Esquisse*, Freud avait retracé la voie par laquelle la représentation refoulée se convertit, par le processus de symbolisation, en manifestation somatique. Or cette symbolisation se fait par voie d'actualisation littérale d'un langage qui devient dans un premier temps le modèle grâce auquel et à travers lequel l'idée indésirable se représentera : la névralgie faciale de Mme Cécilie M. en réponse à une remarque de son mari éprouvée comme « un coup reçu en plein visage », sa térébrante douleur au front en réaction au regard « perçant » de sa grand-mère en sont des exemples éloquents[18]. C'est pour avoir compris la corrélation entre l'expression linguistique et la manifestation somatique que l'interprétation de cette dernière comme symptôme permettra sa levée et ouvrira la voie à une perspective analytique. Mais Freud, à peine reconnu ce mécanisme de symbolisation, semble regretter d'avoir par là réduit le langage à une fonction de modèle, et il ajoute peu après :

---

18. J. Breuer et S. Freud, *Études sur l'hystérie,* Paris, P.U.F., 1956, p. 144.

Toutes ces innervations, toutes ces sensations font partie de « l'expression des mouvements émotionnels », comme l'a enseigné Darwin. Consistant primitivement en actes adéquats, bien motivés, ces mouvements, à notre époque, se trouvent généralement si affaiblis que leur expression verbale nous apparaît comme une traduction imagée, mais il est probable que tout cela a eu jadis un sens littéral. L'hystérique a donc raison de redonner à ses innervations les plus fortes leur sens verbal primitif. Peut-être même a-t-on tort de dire qu'elle crée de pareilles sensations par symbolisation ; peut-être n'a-t-elle nullement pris le langage usuel comme modèle, mais a-t-elle puisé à la même source que lui [19].

En suivant cette hypothèse, le langage serait, à son origine, ou, si l'on nous permet cette expression paradoxale, *dans la profondeur de sa littéralité,* la mémoire du système perception-conscience dont il préserverait la trace de manière à pallier l'exclusion mutuelle de la conscience et de la mémoire qu'une lettre à Fliess a posée de la manière la plus formelle [20]. Or cette capacité mémorielle des mots — sur laquelle viendra se greffer, comme nous le verrons plus loin, l'investissement affectif néces-

19. *Ibid.*, p. 145.
20. S. Freud, *La Naissance de la psychanalyse,* Paris, P.U.F., 1956, p. 154.

saire au développement de la subjectivité — est en même temps une des conditions grâce auxquelles le rêve et, sur son modèle, les pensées inconscientes vont trouver leur figurabilité. Comme le dit un passage de la *Traumdeutung* : « Dans d'autres cas, la langue a beaucoup facilité au rêve la représentation (figuration) de ses pensées en ce qu'elle dispose de toute une série de mots dont le sens originel était imagé et concret, mais qui ne sont plus employés à l'heure actuelle que dans un sens affaibli et abstrait. Il suffit au rêve de redonner à ces mots la plénitude de leur sens primitif ou du moins de remonter un peu le long de leur évolution sémantique.[21] » D'une autre manière, cet ancrage concret de la langue est à la source de sa figuralité. C'est en effet la face sensible du langage qui en permet la métaphoricité, c'est parce que cette face est littérale — c'est-à-dire, ici, riche de sa sensorialité — qu'elle peut servir de support à la face du sens figuré. Toute la dimension figurale du langage — qui va jouer un rôle si important dans la théorie analytique, notamment à la suite de l'équivalence posée par Lacan entre métaphore et condensation, métonymie et déplacement[22] — trouve donc son

21. S. Freud, *Die Traumdeutung,* Francfort, Fischer, 1967, p. 335. Ce passage se trouve à la page 349 de la traduction approximative et officielle d'I. Meyerson, *L'Interprétation des rêves,* Paris, P.U.F., 1976.

22. Jacques Lacan, *Écrits,* Paris, Seuil, 1966, pp. 505-518. *Cf.* aussi Jean-François Lyotard, *Discours, figure,* Paris, Klincksieck, 1971, pp. 250-260 et M. Arrivé, *Linguistique et psychanalyse,* Paris, Klincksieck, 1986.

fondement, on l'oublie peut-être trop souvent, dans son enracinement sensible. Toutes les utilisations ultérieures de ce langage comme lieu de réalisation hallucinatoire ou symbolique du désir, toute sa dimension de *présence* ont leur origine dans cet état de fait.

Cette théorie de la double inscription sensorielle et verbale, qui date de 1895, constitue donc le premier état de la théorie freudienne de l'appareil psychique. Pour précoce que soit sa date, cette théorie ne s'en maintiendra pas moins avec une constance remarquable puisqu'on la retrouve vingt ans plus tard, sous une forme à peine modifiée, dans un passage de la *Métapsychologie* définissant la schizophrénie :

Nous voyons maintenant ce que nous pouvons appeler la représentation d'objet consciente se scinder en représentation de mot et en représentation de chose. Celle-ci consiste en l'investissement, sinon des images mnésiques directes de chose, du moins en celui de traces mnésiques plus éloignées et qui en dérivent. Nous croyons maintenant tout d'un coup savoir en quoi une représentation consciente se distingue d'une représentation inconsciente. Ces deux représentations ne sont pas, comme nous l'avons pensé, des inscriptions différentes du même contenu dans des lieux psychiques différents, ni non plus des états d'investissements fonctionnels différents au même lieu ; la représentation consciente comprend la représentation de chose plus la représentation de mot qui lui appartient, la représentation inconsciente est la représentation de chose seule[23].

La différence essentielle entre la version de l'*Esquisse* et la version de 1915 est qu'à cette date Freud est capable de formuler de manière explicite ce qui n'était encore que sous-entendu à ses débuts, à savoir la raison pour laquelle les représentations de chose ne peuvent devenir conscientes par le moyen de leurs propres restes perceptifs : « Le lien avec des mots permet de doter de qualité des investissements qui ne pouvaient apporter avec eux aucune qualité tirée des perceptions elles-mêmes parce qu'ils correspondent seulement à des relations entre les représentations d'objet. De telles relations qui ne sont devenues saisissables que par des mots constituent une partie capitale de nos processus de pensée.[24] » Il ressort donc de ces différentes remarques une double constatation. La première est que le langage — ou plus exactement les représentations de mot — peut être investi d'une manière qui le privilégie par rapport aux représentations de choses auxquelles il est lié. L'exemple de la schizophrénie, s'il est extrême, ne constitue que le cas limite d'une

23. S. Freud, « L'Inconscient » *in Métapsychologie*, Paris, Gallimard, coll. Idées, 1968, p. 118. La même idée sera reprise en 1923 dans *Le Moi et le Ça*.

24. *Ibid.*, p. 120. Nous soulignons.

aptitude du langage à être investi comme objet, d'une façon qui, comme nous aurons à le voir, se retrouve à la base de la possibilité même tant de la cure analytique que de la littérature. La seconde est qu'en tant que liaison des représentations d'objet, les représentations de mot sont le moyen par lequel la réalité (tant intérieure qu'extérieure) *se construit* en se différenciant du chaos des processus primaires. À sa face de mémoire du monde des perceptions, le langage ajoute donc une face ordonnatrice, constituante, qui explique son importance dans le processus par lequel, dans l'écriture comme dans la séance, le sujet tente de rallier sa véritable identité en cherchant à donner corps tant à son désir, à ses représentations pulsionnelles qu'à ses manques.

La Remémoration

Revenons un instant à la citation de la *Vie de Henry Brulard* déjà évoquée : « Je devrais écrire ma vie, je saurai peut-être enfin, quand cela sera fini dans deux ou trois ans, ce que j'ai été... » Écrire sa vie a donc ici une fonction de connaissance : retraçant la carrière du moi, l'écriture en déploie l'identité aux yeux de celui qui l'a vécue, pour qui elle acquiert par là une objectivité ou du moins un relief que le seul fait de vivre était incapable de dessiner. À la différence de Jean-Jacques fondant son entreprise sur l'affirmation apodictique de sa permanence intérieure, Stendhal confie le dévoilement de son identité à une récapitulation, à laquelle il confère en même temps un rôle de vérification[25]. À son versant mémoriel, la remémoration adjoint ainsi un versant prospectif qui ouvre simultanément l'espace de l'écriture et l'avenir de l'identité intérieure. Que cette double structure soit aussi bien à l'origine de tous les leurres sur soi ne devrait pas nous faire méconnaître qu'elle recoupe toutefois très exactement le mot d'ordre par lequel Freud résumait le but de la cure analytique à la fin de la trente et unième des *Nouvelles Conférences d'introduction à la psychanalyse* : « Wo Es war, soll ich werden » (« Là où était le Ça doit advenir le Moi » — formule dans laquelle il faut voir aussi bien l'injonction à une perlaboration (*durcharbeiten*) qui ne saurait se limiter à des retrouvailles. Freud ajoutait du reste aussitôt qu'il s'agissait là d'un travail aussi vaste que l'assèchement du Zuiderzee.

Cette double face de l'acte de remémoration, on peut aussi la comprendre grâce à deux notions auxquelles il s'associe : la continuité et la compréhension (l'interprétation). Qu'il s'agisse d'une analyse ou de la rédaction d'une autobiographie, les deux

25. Ainsi, un peu plus loin : « Je ne vois la vérité nettement sur la plupart de ces choses [qui se sont déroulées en 1798] qu'en les écrivant en 1835, tant elles ont été enveloppées jusqu'ici de l'auréole de la jeunesse. » Stendhal, *loc. cit.*, p. 548.

facteurs impliquent un facteur commun auquel on reconnaît une valeur constitutive : le facteur du temps, « deux ou trois ans », trois ou quatre séances hebdomadaires, le vecteur temporel pointe dans les deux cas vers une assez longue durée qui, il faut le relever, est fondée sur une structure de *répétition* garante du succès de l'entreprise. Cette répétition fonde à son tour la possibilité de l'élaboration d'une continuité. De page en page, comme de séance en séance, le sujet découvre lentement, à travers la diversité, voire le chaos des souvenirs ou des associations, des fantasmes et des rêves, les lignes directrices d'une cohérence et d'une permanence intérieures qui ne tarderont pas à provoquer toutes sortes de réaménagements de son image de soi.

Continuité à deux niveaux, au demeurant. Si la cure permet à l'analysant grâce aux interventions de l'analyste de reconstituer, par touches et modifications successives une nouvelle version de son histoire, voire de créer, c'est-à-dire d'organiser en durée et en cohérence cette histoire (les événements intérieurs et extérieurs de sa vie passée), la durée même de la cure tend elle aussi, de son côté, à se tisser en une continuité qui n'est pas loin d'être le modèle de la première. En d'autres termes, la continuité du sentiment de soi que l'analysant peut acquérir à travers le rythme de la répétition des séances devient aussi bien l'échafaudage qui lui permet de bâtir le vaisseau destiné à contenir et à mettre en forme les éléments de sa biographie passée : l'historicisation de la relation analytique devient le prototype de l'histoire individuelle de l'analysant. Cet effet de constitution et de consolidation d'identité n'est pas propre à la seule cure. Si l'autobiographe constate à l'occasion la permanence de lui-même ou de tel trait de sa personnalité[26], il n'est pas non plus en reste pour noter combien l'acte même d'écrire suscite, grâce à la force évocatoire de son rythme, le surgissement d'une mémoire restée endormie jusque-là : « Il est singulier de combien de choses je me souviens depuis que j'écris ces Confessions. Elles m'arrivent tout à coup, et il me semble que je les juge avec impartialité.[27] » Qu'il s'agisse de la parole vive ou de la parole écrite, le travail de la remémoration se révèle un travail de reconquête dont l'échange analytique ou l'écriture deviennent le support.

Sans doute à partir de là les branches divergent-elles. La *construction* de l'histoire individuelle qui s'élabore ne peut être la même si un analyste est là pour aider soit au travail de désintrication des pulsions, soit au contraire au travail de reliaison, c'est-à-dire pour contrecarrer la tendance à la déliaison ou au *splitting* qu'il repère dans les paroles et les

26. Ainsi Stendhal encore, notant : « Je conclus de ce souvenir, si présent à mes yeux, qu'en 1793, il y a quarante-deux ans, j'allais à la chasse du bonheur précisément, comme aujourd'hui, en d'autres termes plus communs, mon caractère était absolument le même qu'aujourd'hui. » *Loc. cit.*, p. 635.

27. *Ibid.*, p. 807. *Cf.* aussi, par exemple, Leiris : « ... mais l'écrivain qui se raconte et, se voulant cent pour cent véridique, ajoute à son témoignage l'histoire de ce témoignage », *Frêle Bruit,* Paris, Gallimard, 1976, p. 193.

associations de son patient — tendance qui est souvent à l'origine de la difficulté d'être qui a motivé la demande d'analyse —, ou si les clivages constitutifs de l'image de soi se réinscrivent spontanément dans le récit même qui sans le savoir en retrace l'origine. Il est toutefois indéniable qu'il y a dans un cas comme dans l'autre une valorisation de la continuité intérieure.

Telle liaison est susceptible de revêtir plusieurs formes, de naître aussi de plusieurs facteurs. Le sentiment de continuité intérieure grâce auquel le moi accède peu à peu à la connaissance de soi ainsi qu'à la liberté d'agir ou de penser — toutes deux les horizons de l'analyse — ne saurait se limiter à la seule intuition d'une permanence. Dans le rapport de soi à soi que la remémoration réactive et élargit, la recherche du sujet porte aussi bien sur un lien de *causalité* interne permettant de rendre compte de l'origine et de la nature de son identité [28]. Cette causalité, il est possible à son tour de l'imaginer de différentes sortes. Sa forme la plus simple tient sans doute à son identité même avec l'acte du souvenir. Stendhal est ici encore un bon guide :

En écrivant ma vie en 1835, j'y fais bien des découvertes, ces découvertes sont de deux espèces :

28. La preuve en est *a contrario* dans ces terreurs d'enfants psychotiques incapables d'assigner une origine causale aux forces qui les traversent et qui les laissent, de ce fait même, sans défense.

d'abord 1) ce sont de grands morceaux de fresque sur un mur qui depuis longtemps oubliés apparaissent tout à coup, et à côté de ces morceaux bien conservés sont comme je l'ai dit plusieurs fois de grands espaces où l'on ne voit que la brique du mur. L'éparvérage, le crépi sur lequel la fresque était peinte est tombé, et la fresque est à jamais perdue [...] 2) En 1835, je découvre la physionomie et le pourquoi des événements.[29]

Réactivant l'événement oublié (le pan de fresque), la remémoration en dévoile simultanément la signification véritable grâce à la fois au relief visuel qu'elle lui assure et à la lucidité nouvelle que l'expérience acquise entre le moment remémoré et le moment de la remémoration a rendu possible. Pour le dire d'une façon un peu synthétique, l'acte remémoratif se révèle aussi bien un acte de réinterprétation. On peut se demander dès lors ce qui fonde la vérité de celui-ci. En effet, il importe de déterminer si l'impression ou l'image rappelée porte sa vérité en elle-même ou si cette dernière naît d'une construction.

Rappelons, pour commencer, une évidence. La remémoration est toujours un acte contextualisé. Qu'il apparaisse à la suite d'une interprétation de l'analyste, d'une association quelconque ou d'un méandre de l'écriture, le souvenir a partie liée avec

29. Stendhal, *loc. cit.*, p. 657.

un mouvement, et un moment, de pensée qui en constitue l'occasion nécessaire : un souvenir ne naît pas plus du « néant » de l'oubli d'une manière spontanée qu'il n'est entré fortuitement dans celui-ci. On peut donc en conclure que même s'il resurgit « à l'état pur », c'est-à-dire dans l'intégrité intouchée de son identité d'autrefois, sa valeur de cause n'en est pas moins révélée par le contexte dans lequel il fait retour et qui permet sa compréhension autant que son intégration. Autrement dit, la réapparition de l'image ou de l'épisode remémoré est toujours déjà ou toujours aussi une interprétation, ne serait-ce que par la lumière qu'elle jette sur le contexte qui l'a suscitée. À partir de là, les sources de cette lumière varient. Le retour de l'image oubliée peut s'accompagner — ce serait un premier mode — de la charge affective qui lui était liée, et qui, dans la force qu'elle exerce encore sur le sujet, traduit sa vérité :

À Rolle ou à Nyon, je ne sais plus lequel (à vérifier, il est facile de voir cette église entourée de huit ou dix grands arbres), à Rolle exactement commença le temps heureux de ma vie, ce pouvait être alors le 8 ou le 10 mai 1800.

Le cœur me bat encore en écrivant ceci trente-six ans après. Je quitte mon papier, j'erre dans ma chambre et je reviens écrire[30]*...*

30. *Ibid.*, pp. 936-937.

Dans un autre mode, affect et représentation sont d'abord dissociés. L'exemple le plus illustre et le plus éclatant d'un tel cas — exemple littéraire, qui n'appartient pas même, *stricto sensu,* au genre de l'autobiographie, mais qui, par sa structure au moins pourrait très bien servir aussi d'exemple analytique —, c'est l'épisode de la madeleine dans *À la recherche du temps perdu*. L'absorption de la cuillerée de thé où s'est amolli un morceau de madeleine provoque tout d'abord une sensation de plénitude entièrement déliée de la représentation de sa cause :

Mais à l'instant même où la gorgée mêlée de miettes de gâteau toucha mon palais, je tressaillis, attentif à ce qui se passait d'extraordinaire en moi. Un plaisir délicieux m'avait envahi, isolé, sans la notion de sa cause. Il m'avait aussitôt rendu les vicissitudes de la vie indifférentes, ses désastres inoffensifs, sa brièveté illusoire, de la même façon qu'opère l'amour, en me remplissant d'une essence précieuse ; ou plutôt cette essence n'était pas en moi, elle était moi. J'avais cessé de me sentir médiocre, contingent, mortel. D'où avait pu me venir cette puissante joie ?[31]

Au surgissement euphorisant de l'affect, provo-

---

31. Marcel Proust, *À la recherche du temps perdu,* Paris, Bibliothèque de la Pléiade, 1954, t. I, p. 45.

qué par le retour d'une innervation sensorielle avivée par la mémoire du corps, ne répond tout d'abord que l'énigme de l'image à laquelle cette sensation était primitivement liée. L'*effet* de la sensation remémorée s'exerce seul, sans toutefois que sa vérité en soit amoindrie. Or ce qu'il y a d'intéressant, c'est que Proust décrit le chemin qui va de l'affect éprouvé à la découverte de sa représentation primitive comme le chemin d'une création :

Je pose la tasse et me tourne vers mon esprit. C'est à lui de trouver la vérité. Mais comment ? Grave incertitude, toutes les fois que l'esprit se sent dépassé par lui-même ; quand lui, le chercheur, est tout ensemble le pays obscur où il doit chercher et où tout son bagage ne lui sera de rien. Chercher ? pas seulement : créer. Il est en face de quelque chose qui n'est pas encore et que seul il peut réaliser, puis faire entrer dans sa lumière[32].

Si les commentateurs ont été unanimes à reconnaître la valeur fondatrice de cet épisode de la madeleine, que le narrateur pose lui-même comme une étape cruciale sur le chemin de la reconquête du passé et de soi, ils n'ont guère relevé la nuance que le choix du verbe introduisait dans le texte. La « recherche » de la représentation perdue — représentation à laquelle son affect a permis de survivre

32. *Ibid.*

dans la mémoire —, Proust la qualifie de « création » : « Chercher ? pas seulement : créer. » L'acte de la remémoration se révèle ici exemplairement une création. Dirons-nous, avec Freud, une « construction »[33] ?

Ce qu'il importe de noter à ce point, c'est que cet acte coïncide avec la naissance de la fiction. Si l'on accepte de voir dans la première partie de *Combray* la mise en place du théâtre sur la scène duquel la mémoire pourra se déployer, l'épisode de la madeleine, qui fonctionne comme une charnière, se comprendra comme une figuration du processus de la création :

Et comme dans ce jeu où les Japonais s'amusent à tremper dans un bol de porcelaine rempli d'eau de petits morceaux de papier jusque-là indistincts qui, à peine y sont-ils plongés, s'étirent, se contournent, se colorent, se différencient, deviennent des fleurs, des maisons, des personnages consistants et reconnaissables, de même maintenant toutes les fleurs de notre jardin et celles du parc de M. Swann et les nymphéas de la Vivonne, et les bonnes gens du village et leurs petits logis et l'église et tout Combray et ses environs, tout cela qui prend

33. Peut-être faudrait-il emprunter ici à André Green l'épithète de « transnarcissique » et parler de « construction transnarcissique ». *Cf.* Green, *Un œil en trop,* Paris, Minuit, 1969, pp. 36 *sq.*

forme et solidité, est sorti, ville et jardins, de ma tasse de thé[34].

Que la remémoration ait partie liée avec la création romanesque, il ne se trouvera personne, sans doute, pour le contester. Mais qu'en est-il de son rapport à la vérité autobiographique ou analytique ? Dans le premier cas, la marge qui sépare le souvenir-écran du souvenir réel paraît indécidable. Lorsque Stendhal affirme que son « premier souvenir est d'avoir mordu à la joue ou au front Madame Pison du Galland, [s]a cousine, femme de l'homme d'esprit député à l'Assemblée constituante », la vérité du souvenir tient-elle à sa primauté chronologique ou à l'éclairage qu'il jette sur l'agressivité du jeune Beyle à l'endroit de toute attitude affectée ? Quelle que soit la réponse, la valeur de l'épisode est indissociable de sa fonction herméneutique : c'est en tant qu'il offre à l'autobiographe le symbole d'une continuité de sa disposition intérieure à se rebeller contre l'hypocrisie que ce souvenir est investi du signe positif qui lui permet de prendre place à l'origine de la chaîne de la remémoration. La « vérité » de la morsure est affaire de construction.

En va-t-il différemment dans l'analyse ? Dans les deux textes essentiels qu'il a consacrés à la question (le chapitre V de « l'Homme aux Loups » et l'ar-

34. Proust, *loc. cit.*, pp. 47-48.

ticle intitulé « Constructions en analyse »), Freud s'est montré d'une grande réserve à l'endroit d'une affirmation trop absolue de la réalité de l'épisode (rêve ou événement) remémoré, soit que, dans la scène primitive posée comme origine du rêve de l'arbre aux loups, il évoque la possibilité d'un fantasme phylogénétique[35], soit, dans l'essai sur la construction, qu'il avoue que « nous ne prétendons pas qu'une construction individuelle soit autre chose qu'une conjecture »[36] — que cette construction, du reste, soit le fait de l'analysant ou de l'analyste. L'essentiel, ajoute-t-il peu après, est que même dans le cas d'une hallucination ou d'un délire, la forme même du souvenir, qu'elle soit authentique ou fictive, contient un « fragment de la vérité historique du moi »[37]. Dès lors, le fondement de la vérité de l'acte de remémoration peut sans peine se confondre avec son efficacité interprétative, dans la mesure, du moins, où celle-ci s'intègre dans la dialectique évolutive de la cure. L'espace du moi au moi se révèle comme l'espace d'une fiction ou, plus exactement, d'une *fiction herméneutique* (Freud, il est vrai, n'a jamais abandonné l'espoir de dépasser ce statut de fiction, comme en témoigne, outre son analyse du cas de « l'Homme aux Loups », celle du cas de « l'Homme aux Rats ».

35. Freud, *Cinq psychanalyses*, Paris, P.U.F., 1970, p. 399.
36. Freud, *S. E.*, XXIII, p. 265. Conjecture, ajouterions-nous aujourd'hui, qui permet le dévoilement de la structure mythique du sujet.
37. *Ibid.*, p. 267.

Dans les deux analyses, la vérité historique est bel et bien posée comme la visée ultime de la reconstruction, mais cette visée reste asymptotique. La raison en est peut-être due à la structure même de la remémoration que la psychanalyse présuppose, à savoir la structure de l'*après-coup* (« Nachträglichkeit »). L'écart qui sépare la première impression reçue par le sujet à un âge où il est incapable de l'élaborer de l'impression plus tardive qui amène à sa reviviscence, s'ajoutant à l'écart qui sépare cette seconde impression du moment où il pourra la comprendre, ouvre un espace où la liaison des impressions peut fort bien avoir subi le même genre de distorsion que celle qui marque la déformation fictionnelle (ou l'« invention ») d'un épisode vécu.

III. LA CULPABILITÉ

Dans sa contribution au colloque de Constance sur l'identité, le philologue classique allemand Manfred Fuhrmann a rappelé que les deux textes de l'Antiquité grecque qui appartiennent à la préhistoire de la tradition autobiographique, l'*Apologie de Socrate* et l'*Antidosis* d'Isocrate, étaient articulés sur une structure apologétique répondant à un acte d'accusation (réel dans le cas de Socrate, fictif dans celui d'Isocrate) : le retour autobiographique sur soi consisterait ici à étayer la permanence morale de l'accusé, à réfuter, par un « Voyez, je suis le même que j'ai toujours été », les accusations de corrupteurs de la jeunesse adressées aux deux vieillards[38]. Dès l'origine, la parole autobiographique aurait ainsi été aux prises avec le problème de la culpabilité.

Cette remarque d'ordre historique trouve un équivalent possible sur le plan structural. Qu'il s'agisse de la demande de cure ou du projet d'écrire sur soi, la recherche d'identité met en jeu la constellation œdipienne du sujet. Or celle-ci, qui va se trouver réactivée, est en même temps à l'origine de la formation du surmoi — surmoi dont les reproches au moi (reproches de ne pas se montrer à la hauteur de son idéal de soi) vont engendrer en celui-ci le sentiment de culpabilité. Réactiver la constellation œdipienne du sujet — dans l'écriture ou dans l'analyse —, c'est donc réactiver du même coup son sentiment de culpabilité. À moins que l'inverse ne soit vrai et que ce ne soit justement la poussée d'un sentiment de culpabilité qui amène le sujet à entreprendre une cure analytique ou à rédiger une autobiographie qui soit en même temps un acte de disculpation[39].

38. Manfred Fuhrmann, « Rechtfertigung durch Identität — Über eine Wurzel des Autobiographischen », *Identität,* Poetik und Hermeneutik, t. VII, Munich, Fink, 1979, pp. 685-689.

39. *Cf.* Leiris qui note dans *L'Âge d'homme* qu'« au fond de toute confession il y a désir d'être absous », *loc. cit.,* p. 12. Il est à relever que,

Dans les deux cas, il importe de rappeler que l'investissement libidinal (incestueux) qui est à l'origine de la culpabilité est inconscient, et même irreprésentable comme tel. Lacan, à la suite de Freud, l'a très bien montré : partant de l'autre extrémité de la chaîne, c'est-à-dire de la sublimation, qui est la forme sous laquelle le désir peut le plus aisément se rencontrer, il note que « la sublimation, qui apporte au *Trieb* une satisfaction différente de son but — toujours défini comme but naturel — est précisément ce qui révèle la nature propre du *Trieb* en tant qu'il n'est pas purement l'instinct, mais qu'il a rapport avec *das Ding* comme tel, avec la chose en tant qu'elle est distincte de l'objet »[40]. Cette « Chose » qui a aimanté originellement le désir n'est pas représentable comme telle, ajoute-t-il : « Cette Chose, dont toutes les formes créées par l'homme sont du registre de la sublimation, sera toujours représentée par un vide, précisément en ceci qu'elle ne peut pas être représentée par autre chose — ou plus exactement qu'elle ne peut qu'être représentée par autre chose. Mais dans toute forme de subli-

---

quelques pages plus haut, Leiris, imaginant une comparaison entre la littérature et la tauromachie, semblait placer la première sous le signe d'une recherche du risque, comprenons sous le signe ou l'attrait d'un dévoilement de soi destiné à attiser le sentiment de culpabilité : « Mettre à nu certaines obsessions d'ordre sentimental ou sexuel, confesser publiquement certaines des déficiences ou des lâchetés qui lui font le plus honte, tel fut pour l'auteur le moyen [...] d'introduire ne fût-ce que l'ombre d'une corne de taureau dans une œuvre littéraire », *Ibid.*, pp. 8-9.

40. Jacques Lacan, *L'Éthique de la psychanalyse,* Paris, Le Seuil, 1986, p. 133.

mation, le vide sera déterminatif.[41] » Or cette structure de représentation est liée au phénomène du *retour*, c'est-à-dire de la répétition rétroagissante que Freud avait posée dans les *Trois Essais sur la théorie de la sexualité* en montrant que toute trouvaille d'objet est une retrouvaille. Lacan poursuit donc en notant : « L'objet est de sa nature un objet retrouvé. Qu'il ait été perdu en est la conséquence — mais après coup. Et donc, il est retrouvé sans que nous sachions qu'il a été perdu autrement que de ces retrouvailles. Nous retrouvons là une structure fondamentale qui nous permet d'articuler que la Chose dont il s'agit est ouverte dans sa structure à être représentée par [...] l'Autre chose. L'Autre chose, c'est essentiellement la Chose. C'est là la deuxième caractéristique de la chose voilée — de sa nature, elle est, dans les retrouvailles de l'objet, représentée par autre chose.[42] »

Dès lors cependant que le travail de l'analyse ou celui de l'écriture va soumettre à la question, si l'on peut dire, la vérité de la sublimation, cette délégation représentative, associée comme elle l'est à l'après-coup de la retrouvaille, a toutes les chances de dévoiler à l'origine du sujet une fictivité ou plus exactement une force de fictionalisation substitutive (par condensation ou déplacement), destinée à maintenir l'investissement primitif à l'abri de la

41. *Ibid.*, p. 155.
42. *Ibid.*, p. 143.

censure du moi. En d'autres termes, la nature imaginaire ou mythique, et en tout cas fictionnelle, du mode par lequel le moi se rend compte à lui-même du choix de ses objets de désir, serait liée à l'origine à la culpabilité d'un choix œdipien inavouable comme tel et transcendé selon les diverses voies de la sublimation. Inversement, le choix de l'écriture autobiographique et, dans une moindre mesure, de l'analyse peut avoir le sens d'un recours à la fiction pour se défendre d'un sentiment de culpabilité (inconscient) trop aigu : sous couvert de raconter sa vie, le moi déploierait en fait un mythe personnel, comparable au « roman familial des névrosés »[43], dont la fonction serait d'étayer ce que nous avons nommé la délégation représentative en contrecarrant par là les reproches insupportables du surmoi[44].

Cette tendance à la fiction, née de la culpabilité, est d'autant plus manifeste qu'on peut la repérer là même où, en apparence, le regard porté sur soi s'est dépris des mirages de l'idéalisation ou de l'imagi-

43. *Cf.* sur ce point Marthe Robert, *Roman des origines et origine du roman,* Paris, Grasset, 1972, notamment chap. II.

44. Dans ce dernier cas, il faudrait alors rendre compte de cette culpabilité en suivant les voies que Freud a exposées dans *Le Moi et le Ça* à propos de la névrose obsessionnelle : la pulsion destructrice s'étant substituée, par le moyen de la régression, aux investissements libidinaux primitifs, s'est tournée vers l'objet qu'elle vise à détruire. Ce but est refusé par le moi qui s'en défend à l'aide de formations réactionnelles et de mesures préventives (les symptômes obsessionnels). Mais ce refus n'empêche pas le surmoi de se conduire comme si le moi avait accepté cette visée destructrice et de maintenir son accusation à laquelle le moi réagira par le sentiment de culpabilité.

naire et a su reconnaître son vrai désir. L'exemple le plus éloquent est à nouveau la *Vie de Henry Brulard*. Au chapitre III de ce livre, Stendhal n'hésite pas à affirmer sur un ton volontairement provocateur :

Ma mère, Mme Henriette Gagnon, était une femme charmante, et j'étais amoureux de ma mère.

Je me hâte d'ajouter que je la perdis quand j'avais sept ans. [...]

Je voulais couvrir ma mère de baisers et qu'il n'y eût pas de vêtements. Elle m'aimait à la passion et m'embrassait souvent, je lui rendais ses baisers avec un tel feu qu'elle était comme obligée de s'en aller. J'abhorrais mon père quand il venait interrompre nos baisers. Je voulais toujours les lui donner à la gorge[45].

Voilà bien, dira-t-on, l'aveu le plus ouvert, le plus *conscient*, le plus direct d'un amour incestueux et d'une agressivité œdipienne imaginable[46]. Voilà la « Chose » du désir reconnue, identifiée, représentée, au contraire de tout ce que nous avons

45. Stendhal, *loc. cit.*, pp. 555-556.

46. Michel Crouzet a voulu relativiser cet aveu « œdipien » en le reliant à une tradition littéraire (Mme Roland, Alfieri, Vauvenargues, Helvétius, Volnay, Lacenaire) que Beyle ne ferait que prolonger. (*Cf.* Michel Crouzet, *La Vie de Henry Brulard ou l'Enfance de la révolte,* Paris, Corti, 1982, pp. 18 *sq.*) Il n'en reste pas moins, et c'est un point que Crouzet omet de noter, que cet aveu est structuralement placé par Stendhal à l'origine du récit de sa vie et qu'il reçoit de ce fait une valeur fondatrice évidente.

affirmé, voilà surtout un aveu libre de tout sentiment de culpabilité.

Le paradoxe, si constitutif des formations de l'inconscient, c'est que cet aveu est à la fois moins conscient et surtout moins dénué de culpabilité qu'il n'y paraît, ou plutôt que, comme dans *La Lettre volée* d'Edgar Poe relue par Lacan, le processus de dévoilement s'y exerce à la lettre. Le premier point à noter ici est le nom de la mère. Celle-ci, Henriette, est désignée par son nom de jeune fille, Gagnon... Henriette Gagnon est la fille de Henri Gagnon, « mon excellent grand-père ». De cet Henri Gagnon à Henri Beyle (Brulard) en passant par Henriette Gagnon s'établit donc implicitement une filiation par laquelle l'autobiographe se représente sa naissance comme le fruit d'une union entre sa mère et son grand-père, grâce à laquelle se trouve commis en même temps, pour reprendre les termes de Jean Starobinski, un « parricide symbolique »[47] qui va déjà bien au-delà de l'aveu d'hostilité envers le père : fiction, certes, au service du sentiment œdipien, mais fantasmatique en ce qu'elle s'accompagne d'un double geste destiné à permettre à la culpabilité de trouver une issue. En effet, la constitution du couple imaginaire Henri-Henriette (qui a de surcroît le mérite de faire du petit-fils un double du grand-père dans la possession de la mère) se réduplique dans le même chapitre de la consti-

47. Starobinski, L'*Œil vivant,* Paris, Gallimard, 1961, p. 108.

tution d'un couple parallèle formé par la sœur de la mère, tante Séraphie, et du père : « Je suppose que dans la suite mon père fut amoureux d'elle ; du moins il y avait de longues promenades aux Granges dans un marais sous les murs de la ville, où j'étais le seul *tiers incommode* et où je m'ennuyais fort.[48] » À l'inclusion prénominale du jeune Henri dans le couple Henri-Henriette s'oppose ici cette position de « tiers incommode » qui marque son désir d'exclusion. Or cette opposition de couplages sexuels s'accompagne dans le texte de la mise en place d'une opposition morale qui a la forme d'un parfait *conflit*. Au couple formé par « mon excellent grand-père » qualifié aussi d'« homme rare » et de cette « femme charmante » à la « noblesse et [la] sérénité parfaite dans les traits » qu'Henriette Gagnon est censée avoir été, Stendhal oppose le couple formé par cette tante Séraphie, qui « a été [s]on mauvais génie pendant toute [s]on enfance » et qui était « abhorrée », et Chérubin Beyle. À démonter le mécanisme de ce conflit, on s'aperçoit que c'est sans doute la culpabilité liée à l'Œdipe qui a poussé Stendhal à séparer si nettement les deux couples imaginaires introduits à la place du couple réel[49] et à les doter antithétiquement

48. Stendhal, *loc. cit.*, p. 552.

49. Henriette et Chérubin Beyle, qui, du coup, se voient séparés et qu'il s'agit d'ailleurs d'autant plus souvent de séparer que la mère est morte en couches (« ... Je voulais toujours les lui donner à la gorge. Qu'on daigne se

de qualités idéales et démoniaques : la construction fantasmatique de l'écriture ou, en d'autres termes, la fiction (un père tout mauvais allié à un double négatif de la mère et réciproquement une mère parfaite liée à un « excellent grand-père ») justifiant *a posteriori* l'aversion pour le père et l'amour pour la mère.

Inversement, il ne fait pas de doute que cette construction affabulatoire, qui traduit le point de vue « mythique » que Stendhal prend sur sa propre origine, ne situe aussi bien sa *vérité* inconsciente, une vérité issue de la dialectique en lui du désir et de la culpabilité. Or si la vérité est à trouver du côté de la fable, l'identité du sujet ne devient plus séparable de l'ordre de la fiction. L'antithèse paradigmatique vérité (ou réalité) / fiction, sur laquelle tant la tradition autobiographique depuis Rousseau que la conception de soi dans la tradition psychologique (jusqu'à Freud) étaient fondées, révèle son insuffisance notoire à saisir un état de fait dans lequel la réalité subjective s'allie à l'ordre du fictif et où la fiction se révèle porteuse de la réalité du sujet.

À son tour, ce renversement (ou pour être plus exact, cette *Aufhebung*, ce dépassement, au sens hégélien du terme) d'ordre structural peut, et même

---

rappeler que je la perdis par une couche quand à peine j'avais sept ans », *loc. cit.*, p. 556) et qu'il devient dès lors deux fois nécessaire de la disjoindre de Chérubin : pour satisfaire le désir de possession de l'enfant et pour nier son appartenance au père, dont ces couches témoignent.

demande à être décrit en termes d'histoire. Fiction et vérité, *Dichtung und Wahrheit,* ont commencé par être opposées, du moins en théorie. Ce n'est que progressivement qu'on les a identifiées.

IV. HISTOIRE D'UNE FICTION

« Voici le seul portrait d'homme, peint exactement d'après nature et dans toute sa vérité, qui existe et qui probablement existera jamais. »[50] Cette phrase liminaire de l'avertissement que Rousseau a placé en tête du manuscrit de Genève de ses *Confessions* n'ouvre pas seulement un nouveau chapitre de l'histoire de la littérature française et européenne en fondant véritablement ce qui est devenu pour nous depuis lors le genre littéraire de l'autobiographie, elle lie en même temps celui-ci à la notion de vérité et l'oppose implicitement du même coup à la notion de fiction. À la page suivante Rousseau note en effet que « s'il [lui] est arrivé d'employer quelque ornement indifférent, ce n'a jamais été que pour remplir un vide occasionné par [s]on défaut de mémoire »[51]. L'« ornement », comprenons l'affabulation, n'est ici, comme on le voit, qu'une pièce « indifférente », rapportée sur le tissu lacunaire d'une mémoire qui seule est garante du vrai. « J'ai

50. Rousseau, *loc. cit.,* p. 3.
51. *Ibid.,* p. 5.

pu supposer vrai ce que je savais avoir pu l'être, jamais ce que je savais être faux », continue-t-il, en redoublant ainsi la condamnation implicite d'un imaginaire d'emblée assimilé au mensonge. Au début de l'entreprise autobiographique se trouve donc cette opposition antithétique qui ne semble guère laisser de place à une conciliation entre les deux notions. Et pourtant Rousseau est le premier à relever le rôle constitutif pour lui du monde de la fiction. Dès la troisième page, il note que « le temps d'où [il] date sans interruption la conscience de [soi]-même » coïncide avec ses « premières lectures », que celles-ci furent consacrées à des romans que « [s]a mère avait laissé[s] » et dont l'intérêt était si irrésistible que son père et lui passaient « les nuits à cette occupation », lui donnant pour finir « de la vie humaine des notions bizarres et romanesques, dont l'expérience et la réflexion n'ont jamais bien pu [le] guérir »[52]. Curieuse naissance à soi que cette naissance aux romans ! Placée à la fois sous le signe de la mère morte dont ces livres rappellent la mémoire et d'un père qui, tout honteux de veiller jusqu'à l'aube, conclut, s'adressant à son fils : « Allons nous coucher ; je suis plus enfant que toi »[53], la conscience de soi de Jean-

52. *Ibid.*, p. 8.

53. *Ibid.* Cette fascination partagée pour le romanesque — seul lieu où la réalité soit révocable — peut également avoir constitué le terrain symbolique où se neutralisaient le ressentiment du père à l'endroit de l'enfant qui lui avait coûté sa femme et la culpabilité angoissée de cet enfant vis-à-vis de son père.

Jacques se découvre ainsi d'entrée de jeu structurée par les figures d'un espace fictif qui lui sert à la fois de lieu de représentation, d'abréaction affective et de repère identificatoire. Qu'il s'agisse bien là d'un trait constitutif, Rousseau, comme nous l'avons vu, l'a noté lui-même, et il y reviendra encore, plus loin dans ce premier livre qui, comme Philippe Lejeune l'a montré, contient aussi bien dans sa forme que dans sa teneur une sorte de raccourci de l'œuvre et de l'auteur en général[54]. Jean-Jacques à ce moment est placé comme apprenti graveur chez un certain M. Ducommun, dont les mauvais traitements lui ont ôté tout bonheur de vivre, et chez lequel il se sent comme un esclave. Seul avec une image de soi et de la réalité insupportable de pauvreté et d'indigence, travaillé, d'autre part, par l'éclosion des forces d'une puberté dont il ne sait trop que faire, il recourt une nouvelle fois de manière spontanée à la fiction pour à la fois échapper au sentiment d'asservissement et trouver une issue aux exigences de sa « naissante sensualité » :

Dégoûté de tout ce qui était à ma portée, et sentant trop loin de moi tout ce qui m'aurait tenté, je ne voyais rien de possible qui pût flatter mon cœur. Mes sens émus depuis longtemps me deman-

54. Philippe Lejeune, *Le Pacte autobiographique,* Paris, Le Seuil, 1975, pp. 87-163.

daient une jouissance dont je ne savais pas même imaginer l'objet. J'étais aussi loin du véritable que si je n'avais pas eu de sexe, et déjà pubère et sensible, je pensais quelquefois à mes folies, mais je ne voyais rien au-delà. Dans cette étrange situation, mon inquiète imagination prit un parti qui me sauva de moi-même et calma ma naissante sensualité. Ce fut de se nourrir des situations qui m'avaient intéressé dans mes lectures, de les rappeler, de les varier, de les combiner, de me les approprier tellement que je devinsse un des personnages que j'imaginais ; que je me visse toujours dans les positions les plus agréables selon mon goût afin que l'état fictif où je venais à bout de me mettre me fît oublier mon état réel dont j'étais si mécontent[55].

Sans doute, l'identification romanesque décrite ici ne se donne-t-elle pour rien d'autre que pour la compensation imaginaire à une situation insatisfaisante qu'elle permet d'alléger. L'état « fictif » n'est qu'un palliatif de l'état « réel » qu'il vient relayer. Mais Rousseau n'hésite pas, par la suite, à interpréter ce recours à l'imaginaire comme une disposition *naturelle* de sa personnalité — disposition qui « vient en effet d'un cœur trop affectueux [...] qui, faute d'en trouver d'existants qui lui ressemblent,

55. Rousseau, *loc. cit.*, pp. 40-41.

est forcé de s'alimenter de fictions »[56] — et à le transformer par là en un trait constitutif de sa réalité intérieure. Réalité et imaginaire, vérité et romanesque cesseraient donc de s'opposer chez l'auteur même qui comptait fonder l'originalité de sa démarche sur leur antagonisme.

Encore ne s'agit-il que d'une question de niveaux, pourrait-on objecter : reconnaître l'origine d'un penchant au romanesque dans l'histoire de sa personnalité, ce n'est pas encore solliciter la fiction pour définir son identité. L'autobiographe qui repère en lui ce penchant reste encore strictement dans l'ordre de la vérité. Assurément. Il n'étonnera toutefois personne de constater qu'à la page suivante, Rousseau franchit un nouveau pas, qui consiste cette fois à se servir d'une *hypothèse fictive* pour cerner la vérité de son identité. Au moment de décrire sa fuite de Genève, Jean-Jacques se retourne pour envisager nostalgiquement ce qu'eût été son existence ultérieure s'il était tombé entre les mains d'un meilleur maître. Il s'ensuit un « roman familial » écrit pour la plus grande part au conditionnel passé (« J'aurais passé une vie paisible... J'aurais été bon chrétien... J'aurais aimé mon état, je l'aurais honoré... Je serais mort paisiblement... J'aurais été regretté... »), dont l'irréalité n'a pas d'autre sens que de révéler dialectiquement la réalité authentique d'une personnalité que seule la

56. *Ibid.*, p. 41.

« fatalité de [s]a destinée » a empêchée de vivre selon sa pente naturelle.

Comme on le voit, l'antithèse vérité/fiction se révèle bien moins rigide, chez cet initiateur de l'autobiographie que fut Rousseau, qu'il ne le prétendit lui-même. Sur ce point, la postérité ne fera que prolonger et développer l'assouplissement qu'il pratiquait déjà sans le dire. On peut le remarquer à un trait formel qui permet de suivre en raccourci l'évolution du genre : les « attaques » (au sens musical) que les auteurs donnent à leur récit sur soi.

Rousseau, en dépit des glissements que nous avons relevés, commence de la manière la plus linéaire. Après sa déclaration d'originalité liminaire, il fait en effet commencer son récit par ces mots : « Je suis né à Genève en 1712 d'Isaac Rousseau, citoyen et de Susanne Bernard, citoyenne. » L'ordre du récit se calque d'emblée sur l'ordre de la biographie, en superposant sa rationalité (il est « normal » de commencer par la naissance) à la transparence de son objet : la conclusion que le lecteur est invité à tirer de cette attaque est qu'il a affaire à un récit vrai.

Très vite, toutefois, la belle linéarité va s'effacer. Stendhal, par exemple, ouvre son récit par l'évocation de la vue dont il a joui, le matin même, sur le mont Janicule, vue dont le caractère historique lui a rappelé l'approche de sa propre cinquantaine : « Je me trouvais ce matin 16 octobre 1832 à San

Pietro *in Montorio*, sur le mont Janicule, à Rome, il faisait un soleil magnifique. » La description de la Ville éternelle qui s'ensuit oriente bien le regard vers le caractère historique de son objet, mais non sans introduire une différence d'importance entre le moment présent (1832) et les siècles de Rome ancienne et moderne, d'une part, et la profondeur biographique, d'autre part : « Je me suis assis sur les marches de San Pietro et là j'ai rêvé une heure ou deux à cette idée. Je vais avoir cinquante ans, il serait bien temps de me connaître. Qu'ai-je été ? Que suis-je ? En vérité je serais bien embarrassé de le dire.[57] » À la transparence immédiate de la connaissance de soi de Rousseau s'oppose ici l'énigme qu'une conscience commence à représenter pour elle-même, énigme articulée à la fois sur sa profondeur historique et sur l'épaisseur, devenue problématique, du langage. À la page suivante, Stendhal poursuit ainsi :

Cette idée me sourit. Oui, mais cette effroyable quantité de Je et de Moi ! Il y a de quoi donner de l'humeur au lecteur le plus bénévole. Je et Moi, ce serait, au talent près, comme M. de Chateaubriand, ce roi des égotistes. Du je *mis avec* moi *tu fais la récidive... Je me dis ce vers à chaque fois que je lis une de ses pages. On pourrait écrire, il est vrai, en se servant de la troisième personne, il fit, il dit.*

---

57. Stendhal, *loc. cit.*, p. 532.

Oui, mais comment rendre compte des mouvements intérieurs de l'âme[58] *?*

Cette soudaine importance accordée au langage, ou plutôt cette autonomie problématique du médium verbal de la narration par rapport à son objet, introduit définitivement l'écart entre le temps du récit (ce que les narratologues allemands désignent du terme commode de *Erzählzeit*) et le temps raconté *(erzählte Zeit)*, en ouvrant par là ce qui va vite se révéler un triple abîme : celui de l'accessibilité (et de la vérité) du temps et de la personne dont on parle, celui du langage par lequel on en parle, celui du statut du présent ainsi que du lieu à partir duquel on en parle[59]. En d'autres termes, le statut temporel (de quelle « strate » temporelle du moi parle-t-on ?), l'identité (qui est ce moi dont on parle ?), ainsi que le statut verbal du sujet (quels sont les liens entre l'identité du moi et le langage qui en parle ?) deviennent autant de problèmes.

Ces problèmes sont les mêmes, on l'aura compris, que ceux qui se posent dans la cure analytique : détermination de la place du souvenir ou de l'association dans l'histoire de l'analysant — que l'on mette à cette détermination le même soin que Freud

58. *Ibid.*, pp. 532-533.

59. *Cf.* sur ce point l'article de Starobinski, « Le Style de l'autobiographie », *in La Relation critique,* Paris, Gallimard, 1971, pp. 83-98.

dans ses grandes analyses (« l'Homme aux Loups », « l'Homme aux Rats ») ou qu'on cherche à en préciser plutôt la position structurale dans la constellation intérieure du sujet [60], la question du temps ne cesse de se poser avec toutes les incertitudes (oublis, souvenirs-écrans, déplacements) que cela entraîne ; délimitation des contours d'un moi à la fois par rapport à ses objets internes grâce à la dimension transférentielle qui va mobiliser la névrose infantile et l'amener à évoluer ; évaluation de la charge signifiante des mots avec lesquels ce moi se raconte. Le *décentrement* de la subjectivité que la psychanalyse a introduit dans l'anthropologie moderne trouve son correspondant exact dans la rupture de la linéarité dont témoigne l'autobiographie qui lui est contemporaine et dont par exemple les premières lignes de *Partir avant le jour* de Julien Green fournissent une bonne illustration :

N'importe quoi...

Écrire n'importe quoi est peut-être le meilleur moyen d'aborder les sujets qui comptent, d'aller au plus profond par le chemin le plus court. On dira tout uniment ce qui passe par la tête, au gré du souvenir. La mémoire nous livre tout en désordre, à tout moment du jour. On imitera ce désordre. Il n'y aura pas d'itinéraire précis dans l'exploration

60. *Cf.* Olivier Flournoy, *Le Temps d'une psychanalyse*, Paris, Belfond, 1979.

de notre passé, et c'est ainsi que je vois les choses aujourd'hui, 20 novembre 1959[61].

Ce « n'importe quoi » de l'écriture (en vérité davantage prôné que réalisé par Green) — qui rappelle de si près celui de la règle fondamentale de l'analyse et dont le désordre est censé refléter celui de la vie psychique, ou plus exactement est censé refléter la *forme véritable* de la vie psychique et donc de l'identité du sujet — va de pair avec telles modifications du genre autobiographique qu'il nous faut mentionner à présent. Notons toutefois ceci, tout d'abord : la notion même du sujet dont nous esquissons à grands traits le devenir depuis Rousseau s'est à ce point *intériorisée* qu'elle s'est du même coup soustraite à toute vérification objective et qu'elle ne ressortit plus dès lors qu'à une « authenticité » dont le paradoxe est qu'elle doit être à elle-même son propre et unique garant. Or ceci a des conséquences. D'une part, et c'est peut-être le point essentiel, le rapport de soi à soi, n'étant plus médiatisé par la réalité objective, vérifiable, des actions ou des rôles sociaux de l'existence décrite, devient ou du moins risque de devenir — pour le meilleur et pour le pire — un rapport fictionnel, c'est-à-dire modelé par une fiction (la différence étant alors que cette fiction, dans le cas de

61. Julien Green, *Œuvres complètes,* Bibliothèque de la Pléiade, 1977, t. V, p. 649.

la cure analytique, est partagée par l'analyste qui en a identifié les contours dans les formes du transfert). D'autre part, le déplacement centripète du moi a mis en question le bien-fondé de la forme même du récit ou plutôt de l'exclusivité du récit dans le projet autobiographique. S'il est vrai que l'objet véritable de la quête d'identité est intérieur, alors le récit historique n'a plus aucun titre à prétendre imposer une domination que le poème, la méditation, la rêverie ou le récit de rêve peuvent tout aussi bien revendiquer en se prévalant d'une « communication » au moins aussi directe avec les sources profondes du moi.

Le troisième point enfin, qui est bien sûr lié aux deux premiers, c'est que la notion d'identité est devenue une construction. Si *je* n'est pas un Autre, il est en tout cas mon Autre : celui que j'ai construit, celui que je projette. Au mouvement de totalisation rétrospective propre à Rousseau s'est substitué dans l'autobiographie moderne un projet d'une autre nature. Soit ce qu'on pourrait nommer une « fiction herméneutique », c'est-à-dire la ressaisie conceptuelle d'une histoire proposant une interprétation qui vise beaucoup moins à en rappeler le cours qu'à en comprendre les ressorts et à en modifier les choix. Le *je* dont il est question ici intéresse moins son biographe pour ce qu'il a été que pour les raisons qui l'ont fait devenir celui qu'il est. L'exemple le plus éclatant en ce sens est peut-être fourni par *Les Mots* de Sartre dont l'articulation même (Lire / Écrire), racontant deux fois sous une apparence de succession chronologique ce qui, en réalité, était simultané, révèle le caractère de pure *composition*. L'autre voie, c'est celle de l'analyse interminable, « bricolée », pour reprendre le verbe fétiche de Lévi-Strauss, dans un projet qui se sait inachevable par essence, mais qui ne s'en veut pas moins recherche authentique, un projet pour lequel poésie et vérité échangent leurs pouvoirs comme, simplement, deux versants d'une même avancée, mais qui n'ignore pas combien de soi à soi l'écart reste infranchissable et, à la fin, infranchi. On peut citer comme exemple de cette seconde voie le passage par lequel Michel Leiris met fin à sa *Règle du jeu* :

Dans ce tome final rose par endroits mais où (qu'y puis-je ?) le noir domine, j'en ai pris à mon aise avec l'échelonnement des dates et avec la construction rationnelle. Plaçant fréquemment avant ce qui n'était venu qu'après, traitant des neiges d'antan selon un état d'esprit présent, sortant de mes cartons ou des tiroirs de ma mémoire pour les mêler à des choses d'aujourd'hui ou à peine d'hier, tantôt une vieille histoire, tantôt une idée passée, tantôt ce que — faute d'un autre mot — je pourrais dire « poème » au même titre que tel morceau qui, d'un coup ou par apports graduels, s'est fait en cours de route. Mais acquiert-on un œil d'éternité en mélan-

geant les temps, multipliant les points de vue et mariant ou opposant les tons comme il vous plaît ?

Affaire, si l'on veut, d'arrangement, à la façon dont au Japon l'on arrange patiemment — sans les fondre en la profusion d'un bouquet — un petit nombre de fleurs, pour la joie — ou pour la paix — du regard, avec toutefois certains dessous.

Florilège donc, que plus irrémissiblement que tout choix délibéré limitent ces absences : ce que je n'ai pas décelé, pas su formuler, ou répugné à mettre en lumière[62].

V. EN GUISE DE CONCLUSION

Qui suis-je ? Cette question qui sous-tend aussi bien le projet autobiographique que le projet psychanalytique reçoit, dans les deux cas, une réponse comparable : « Je suis celui que je suis parce que... » À la connaissance élargie, rectifiée, approfondie, de soi-même s'ajoute au terme de l'entreprise la mise au jour d'une *causalité* dans laquelle le *je* voit tout ensemble le signe de la réussite de son effort et celui de sa nouvelle disponibilité. D'avoir su reconstituer la chaîne de ses déterminations, d'être parvenu à dégager la *raison* (au sens algébrique du mot) de son histoire, rend le sujet plus Un en même temps que plus libre. Dépris de

62. Leiris, *Frêle Bruit,* Paris, Gallimard, 1976, p. 399.

ses leurres, désasservi, au moins en partie, de l'emprise tyrannique de ses désirs incontrôlables ou de son surmoi, libéré, en tout cas, de l'impression d'une passivité impuissante que l'écriture aura transcendée en direction de la connaissance de soi, l'analysant, comme l'autobiographe, se retrouve pour finir plus proche de soi-même, plus proche aussi du sentiment de disposer à la fois de la réalité elle-même et de sa propre réalité intérieure.

Sans doute, à partir de là, les voies ainsi que les évaluations divergent. L'analysant, au terme de son analyse, a dû, cruellement parfois, sacrifier nombre d'illusions sur son propre compte comme il a dû abandonner l'investissement transférentiel, si gratifiant en dépit de toutes les frustrations, de son analyste : travail de deuil ou position dépressive qui ne vont pas sans douleur ni regrets. Reprenant sa place dans la chaîne des générations et de la différence des sexes, il lui a fallu renoncer au rêve d'auto(ré)engendrement, par lequel il a cherché à revaloriser narcissiquement l'image de soi, que la cure n'a pas pu ne pas mettre en question, rêve qui constitue sans doute l'équivalent adulte du « roman familial des névrosés » que Freud a repéré dans les réaménagements conflictuels de la phase œdipienne. Par contre, il a gagné, si l'analyse est réussie, la possibilité de créer librement avec autrui des liens qui soient autre chose que la répétition compulsive de son rapport à un grand Autre qui prend si souvent les traits de Big Brother.

À l'inverse, l'autobiographe a sans doute réalisé une partie de ce rêve. Si indécise qu'en soit la valeur de connaissance, la fonction heuristique de l'écriture lui a permis, à tout le moins, de formuler un mythe : le mythe de sa naissance comme écrivain (ce serait là un critère possible qui permettrait de distinguer une autobiographie littéraire ; l'écrivain est toujours à sa façon « l'enfant d'une nuit d'Idumée », pays où, comme l'on sait, la génération s'opérait sans contact sexuel). De surcroît, il a fait œuvre, c'est-à-dire qu'il a non seulement donné forme, grâce à son talent, à son image de soi, mais encore donné à cette forme le statut transnarcissique et transhistorique d'un modèle dans lequel, à des degrés divers et avec des réactions diverses, une infinité virtuelle de lecteurs pourront se reconnaître en approfondissant leur connaissance de soi. Rien, pourtant, ne garantit la vérité de cette image. Si grande que soit la défiance qu'on lui témoigne, l'écriture, et particulièrement l'écriture de soi ou sur soi, a toujours quelque chose de ce stade du miroir dont la fonction est sans doute de permettre au sujet *infans* de trouver l'image réunifiée de lui-même grâce à laquelle il pourra dépasser le sentiment de son morcellement, mais au prix d'une fixation imaginaire dont le statut de leurre est évident. Faute d'un analyste venant jouer le rôle du Commandeur, l'autobiographe est toujours aussi un Don Juan promettant le mariage à une Zerline à laquelle il s'est identifié lui-même en même temps qu'il lui a identifié son lecteur. Aussi bien, les auteurs ont-ils tous senti ce danger au point de multiplier, qui les aveux déconsidérants (Rousseau, Gide, Leiris), qui les modalités d'affirmation dubitatives (Stendhal), qui l'acide dissolvant du soupçon (Sartre). Comme ce dernier le formule en une phrase qui est comme l'emblème de toutes les autres : « Je fus amené à penser systématiquement contre moi-même au point de mesurer l'évidence d'une idée au déplaisir qu'elle me causait.[63] » Encore ce déplaisir n'est-il peut-être là que comme une défense contre le déplaisir bien plus grand de pensées, précisément, non mesurables... Si la rencontre d'autrui a bien lieu dans l'écriture, l'écrivain, lui, en est-il plus libre ?

Ce sont là, on le voit, des questions difficiles, et vraisemblablement des questions oiseuses. Rien ne saurait être plus précieux que la connaissance de soi. Rien n'est plus haut qu'une grande œuvre littéraire. Il s'agit là de valeurs qui ne sont pas comparables, qui n'appartiennent pas à la même échelle quand bien même elles procèdent d'une source commune.

Qu'il soit écrivain ou analysant, il y a toujours un Peter Schlemihl dans celui (ou celle) qui entreprend de savoir ou de raconter qui il (elle) est. Sans avoir à supposer de pacte avec le diable (encore qu'il ne soit pas difficile de reconnaître en celui-ci

63. Jean-Paul Sartre, *Les Mots,* Paris, Gallimard, 1964, p. 210.

une figure de l'inconscient), l'autobiographe ou l'analysant sont des héros à la recherche de leur ombre, nous voulons dire : de leur mémoire. De Peter Schlemihl, Chamisso nous dit qu'il employa son intégrité retrouvée à l'étude des sciences naturelles. On ne saurait rêver plus belle métaphore de la liberté.

LE SUJET AU MIROIR DE SES PASSIONS

Qu'est-ce que la littérature a à nous apprendre sur la passion ?

Posée dans ces termes, la question peut paraître impertinente tant elle est générale. La difficulté, en fait, est ailleurs. Se demander ce que la littérature a à nous apprendre sur la passion, c'est présupposer connue la définition de celle-ci. Or rien n'est moins sûr que cette définition. Non seulement l'extension du concept a changé, mais le mot lui-même n'est pas resté constant[1] : si le grec *pathos* semble avoir été d'usage universel, le latin a hésité entre *perturbatio, affectio* ou *affectus* et *passio*, et, plus tard l'allemand entre *Affekt* et *Leidenschaft*. En français, *passion* s'est dit d'abord (Xe siècle) de la

1. *Cf.* l'article « Affekt » du *Historisches Wörterbuch der Philosophie* dû aux soins de Jürgen Hengelbrock et Jakob Lanz (Darmstadt, 1971). Une traduction française de cet article figure dans le numéro 21 de la *Nouvelle Revue de psychanalyse* (printemps 1980) consacré précisément au thème de « La Passion » (pp. 77-91).

« souffrance en parlant de Jésus-Christ et des martyrs » (Littré) puis, d'une manière moins particulière, de toute souffrance physique. Passant ensuite du singulier au pluriel, le mot a évolué vers une signification plus morale comme en témoignent, notamment, au XVIIe siècle, les nombreuses études intitulées *Tableau des passions humaines* (N. Coëffeteau, 1620), *De l'usage des passions* (J.-F. Senault, 1641), *Les Passions de l'âme* (Descartes, 1649), *Les Charactères des passions* (Marin Cureau de la Chambre, 1640-1662), pour lesquelles le terme a le sens général de « différentes agitations de l'âme » (Furetière) distinguées selon les objets auxquels elles s'appliquent. Ce n'est véritablement qu'au XIXe siècle que l'usage s'est fixé sur le singulier employé principalement dans le sens d'un amour violent ou exclusif.

Inversement, si la notion de *passion* a changé, c'est pour beaucoup sous l'influence de la littérature. S'agissant des « agitations » ou des « mouvements » de l'âme, le recours aux textes où ceux-ci étaient représentés s'imposait même aux yeux de ceux pour qui ces mouvements étaient suspects. Ainsi par exemple, toute la querelle au sujet de la moralité du théâtre, de saint Charles Borromée à Bossuet[2], tourne-t-elle autour de la force d'imprégnation, aussi captieuse que durable, que les fables

2. *Cf.* l'article de Marc Fumaroli « La Querelle de la moralité du théâtre avant Nicole et Bossuet », *RHLF,* LXX, 1970, pp. 1007-1030.

dramatiques insinuent dans l'esprit d'un spectateur livré dès lors à son insu à l'irrésistible tentation du plaisir qu'il a vu représenter. Vantée ou décriée, la force de la *fiction* se voit reconnue comme le vrai lieu où la passion (ici amoureuse) peut déployer ses prestiges et décliner sa vérité. Autrement dit : même dans une conception anthropologique qui soumet la passion à la juridiction théorique de la théologie, de la morale ou de la médecine, sa représentation littéraire — qu'elle soit incriminée comme pièce à conviction ou avancée en guise de légitimation — acquiert droit de cité. Dès lors, le lien entre la notion philosophique et le champ littéraire devenait indissociable, et cela d'autant plus qu'avec le relâchement de l'emprise de l'Église sur la conscience collective et individuelle, l'exploration du monde intérieur prenait spontanément forme dans une liberté romanesque ou poétique devenue le lieu sécularisé, mais privilégié, de la réflexion sur soi. Julie aura beau dénoncer le danger de la passion, et lui opposer la légitimité si raisonnable d'un M. de Wolmar, elle mourra, pour finir, de cette dénonciation même, et le roman qui devait consacrer l'impossibilité de l'amour passionnel culminera en faisant triompher celui-ci.

Sans doute, et l'exemple de *La Nouvelle Héloïse* le prouve, le déploiement littéraire de la représentation passionnelle est-il à son tour historiquement déterminé : une analyse des rapports entre le champ notionnel et l'actualisation littéraire de la passion ne peut faire l'économie des paramètres historiques qui orientent et délimitent celle-ci. Rousseau n'écrit pas dans le même cadre par exemple que Racine : sa position de sujet épistémologique ou de sujet littéraire, autrement dit son rapport à l'écriture, et le rapport de cette écriture au champ plus général de la représentation et du savoir sont tout à fait déplacés par rapport à ceux de Racine. Du point de vue qui nous intéresse toutefois, ce déplacement n'est en rien une progression sur une quelconque échelle de valeur. Les conditions de la *représentation* de la passion ont radicalement changé, pas sa *compréhension*. Ou plutôt : la compréhension du fait de la passion nous paraît moins le lieu d'un progrès que celui d'une variation kaléidoscopique qui en mettrait en lumière tantôt tel aspect, tantôt tel autre. Que la mise en évidence de ces aspects soit bien liée à l'histoire est une chose, que cette histoire soit elle-même articulée comme une progression en est une autre. Au reste, le geste rétroactif par lequel chaque époque littéraire s'invente ou se choisit des ancêtres le prouve à loisir. Loin d'être un simple mouvement progrédient, la littérature se comprend elle-même comme un éternel retour ou un éternel dialogue avec une source à laquelle elle assigne mythiquement une fonction d'origine et dont elle sanctionne par là la valeur de vérité tout à fait indépendamment de sa véritable situation historique.

Aussi bien, une enquête sur l'apport de la littérature à la compréhension de la passion n'a-t-elle aucune raison de s'articuler sur un étayage chronologique. La passion ne s'est pas révélée progressivement dans sa vérité longtemps cachée grâce au mouvement des siècles. Elle est là d'emblée tout entière, avec son énigme et son pouvoir de fascination, dès Homère, Sappho et dès les Tragiques grecs, elle est là chez Virgile et chez Ovide comme elle sera là dès l'aube des littératures romanes. Didon n'est pas moins éloquente qu'Yseult, ni Sappho que Didon : dès lors, passer de l'une à l'autre peut se faire librement, sans autre souci que celui de la clarté de la réflexion que l'on entend suivre. Si la majorité des analyses que l'on trouvera plus bas sont empruntées à la tradition française, c'est simplement que cette tradition est celle que nous connaissons le mieux. Comme on le verra, nous l'avons parcourue toutefois sans aucun respect pour son déroulement.

À défaut d'une histoire de la représentation littéraire de la passion, les pages qui suivent voudraient donc fournir quelques éléments à une analyse de la passion qui tienne compte également de la dimension psychanalytique qui est au fondement de la réflexion contemporaine sur la question. L'articulation entre littérature et psychanalyse remonte d'ailleurs, on s'en souvient, au moment de l'itinéraire de Freud où sa découverte du sens des rêves aborde précisément l'un des nœuds de la constitution intérieure qui prédispose chacun à « entrer en passion ». Dans sa grande lettre à Fliess du 15 octobre 1897[3], Freud passe en effet sans transition d'une manière remarquable de la découverte en lui de sentiments inconscients à leur repérage dans un modèle littéraire qui a dès lors valeur de confirmation : « J'ai trouvé en moi, comme partout ailleurs, des sentiments d'amour envers ma mère et de jalousie envers mon père, sentiments qui sont, je pense, communs à tous les jeunes enfants [...]. S'il en est bien ainsi, on comprend, en dépit de toutes les objections rationnelles qui s'opposent à l'hypothèse d'une inexorable fatalité, l'effet saisissant d'*Œdipe-roi* [...]. La légende grecque a saisi une compulsion que tous reconnaissent parce que tous l'ont ressentie. Chaque auditeur fut un jour en germe, en imagination, un Œdipe et s'épouvante devant la réalisation de son rêve transposé, il frémit suivant toute la mesure du refoulement qui sépare son état infantile de son état actuel.[4] » À suivre la logique du rapprochement opéré ici, il n'y aurait aucune rupture, aucune solution de continuité entre le sentiment intérieur et sa représentation littéraire : l'histoire d'Œdipe, telle que Sophocle la raconte, serait directement figurative des sentiments de « tous les jeunes enfants » de même que celle

3. Publiée en français dans Freud, *La Naissance de la psychanalyse,* Paris, P.U.F., 1956, pp. 196-199. Le point est également abordé par M. Milner dans son livre *Freud et l'interprétation de la littérature*, Paris, SEDES, 1980, pp. 32 *sq*.

4. Freud, *loc. cit.,* p. 198.

d'Hamlet, dont il est question plus loin dans la lettre, serait immédiatement superposable aux dispositions intérieures et à la conduite des hystériques qui hantent le cabinet du médecin viennois. Pour le dire en un mot, il y aurait homologie complète entre la structure psychique et la forme littéraire. La psyché humaine trouverait sa représentation dans le texte littéraire comme le texte littéraire trouverait son fondement de vérité ou, en tout cas, son efficacité symbolique dans l'appareil psychique qu'il traduirait. Dans les deux cas, le fondement mythique de la représentation est affirmé. Dès lors, l'utilisation d'une conceptualité analytique pour ordonner une perspective littéraire se propose comme le recours naturel d'un système de médiation à un système voisin dont la compatibilité serait fondée à la fois dans leur objet commun et dans leur commune hypothèse d'une saisie pour ainsi dire endoscopique de ce dernier : s'il est vrai que le propre de la réalité psychique est de se dérober à une saisie objectivante, extérieure et vérifiable, seuls des concepts ou des représentations issus de l'image que le sujet se donne de sa vie intérieure seraient en mesure d'attester une pertinence herméneutique satisfaisante.

I. LA VIOLENCE DE LA PASSIVITÉ

Rappelons-nous les vers célèbres de Phèdre au premier acte de la tragédie de Racine. L'épouse de

Thésée évoque sa première vision d'Hippolyte (vers 273-276) :

Je le vis, je rougis, je pâlis à sa vue,
Un trouble s'éleva dans mon âme éperdue,
Mes yeux ne voyaient plus, je ne pouvais parler ;
Je sentis tout mon corps, et transir et brûler.

La première caractéristique de la passion, celle qui justifie de la manière la plus étroite la dérivation de ce mot d'un verbe signifiant « subir », c'est la dépossession. Phèdre, comme Sappho dont Racine imite ici l'un des plus beaux poèmes, a perdu la maîtrise de son corps au profit d'une violence qui la traverse au point qu'elle n'hésitera pas, quelques vers plus loin, à représenter sa passion comme une force étrangère qu'elle subit à la façon d'une victime impuissante. Dépossession, violence, la passion se révèle ici dans une dimension dont la marque élective est l'excès. L'énergie passionnelle est un excès, c'est-à-dire une quantité qui déborde les capacités de maîtrise de l'amant ou de l'amante en le (la) vouant à l'autre, ou à la mort, comme au seul destin susceptible de lui rendre à la fois sa maîtrise sur lui (elle)-même et sa propriété de sujet. La passion est donc à la fois une désappropriation subjective et une manière d'articuler cette désappropriation à la réponse de celui ou de celle au profit de qui elle a lieu. Phèdre ne peut plus être Phèdre sans Hippolyte, et cette impossibilité se traduit notamment par le fait que, séparée de lui, la Reine est incapable de maîtriser l'expression de sa subjectivité, laissant venir à la parole, devant Œnone, et ses « vœux » secrets et l'aveu même de cet amour qu'elle voulait pourtant cacher à tout prix. Dans le personnage de Phèdre, c'est l'instance énonciative elle-même qui est mise en échec, ou plutôt qui est traversée, sans qu'elle ait rien à lui opposer, par la force d'un désir qui, de subvertir la maîtrise qu'elle cherchait désespérément à garder sur lui, situe son état de passivité tant verbale qu'amoureuse.

II. LE DÉSIR DE FUSION

On se souvient du discours d'Aristophane dans *Le Banquet* de Platon. Pour louer Éros, et en souligner la puissance, l'orateur commence par faire un historique des transformations de la nature humaine. À l'origine mythique de l'humanité, rappelle-t-il, on trouvait l'espèce androgyne, composée des espèces mâle et femelle réunies, que sa vigueur extraordinaire mena à attaquer les dieux. Zeus, pour défendre l'Olympe menacé devant tant d'insolence, imagina alors d'affaiblir cette espèce séditieuse en la coupant en deux :

Or quand le corps eut été ainsi divisé, chacun, regrettant sa moitié, allait à elle ; et, s'embrassant et s'enlaçant les uns avec les autres avec le désir de se fondre ensemble, les hommes mouraient de faim et d'inaction, parce qu'ils ne voulaient rien faire les uns sans les autres ; et quand une moitié était morte et que l'autre survivait, celle-ci en cherchait une autre et s'enlaçait à elle, soit que ce fût une moitié de femme entière — ce qu'on appelle une femme aujourd'hui — soit que ce fût une moitié d'homme, et la race s'éteignait.

Alors Zeus, touché de pitié, imagine un autre expédient : il transpose les organes de la génération sur le devant ; jusqu'alors ils les portaient derrière, et ils engendraient non point les uns dans les autres, mais sur la terre, comme les cigales. Il plaça donc les organes sur le devant et par là fit que les hommes engendrèrent les uns dans les autres, c'est-à-dire le mâle dans la femelle […]. C'est de ce moment que date l'amour inné des hommes les uns pour les autres : l'amour recompose l'antique nature, s'efforce de fondre deux êtres en un seul, et de guérir la nature humaine.

Chacun de nous est donc comme une tessère d'hospitalité, puisque nous avons été coupés comme des soles et que d'un nous sommes devenus deux ; aussi chacun recherche sa moitié[5].

L'intérêt de ce mythe dans la perspective littéraire qui nous occupe est double : tout en suggérant une unité originelle posée comme lieu d'une complétude

5. Platon, *Le Banquet,* 191a - 191d, trad. Émile Chambry.

telle qu'elle fait de chacun des androgynes une sorte d'univers entier, il indique simultanément la sexualité comme voie du retour à « l'antique nature ». Avec la transposition des organes de la génération du derrière au devant, la différenciation des sexes acquiert paradoxalement une fonction unificatrice, paradoxalement car il s'agit moins de jouir de la différence que de l'effacer, au moins momentanément. Même l'étreinte homosexuelle, à laquelle Aristophane semble réserver le recours à la sexualité comme plaisir [6], a pour sens premier de reconstituer l'unité primordiale.

Or cette subordination de la sexualité à un besoin d'unité posé tout ensemble comme l'origine et comme l'horizon de la relation amoureuse, on la retrouve dans ce qui est indéniablement un trait récurrent de la relation passionnelle, le désir de fusion. Séparés, les amants ne pensent pas seulement à combler la distance qui les sépare, mais encore à annuler celle-ci en se confondant avec leur bien-aimé(e). Non content de se penser comme présence, le désir de l'autre se découvre comme désir d'identité, comme si, d'une certaine manière, la finalité véritable du plaisir sexuel consistait beaucoup moins à jouir de lui-même qu'à porter un

6. Dans 191c, il précise en effet : « Cette disposition était à deux fins : si l'étreinte avait lieu entre un homme et une femme, ils enfanteraient pour perpétuer la race, et si elle avait lieu entre un mâle et un mâle, la satiété les séparerait pour un temps, ils se mettraient au travail et pourvoieraient à tous les besoins de l'existence. »

amant vers l'autre dans une dissipation progressive de leurs limites respectives. Le phénomène est très sensible dans le mythe de Tristan. Que ce soit dans la version de Béroul (version « commune ») ou dans celle de Thomas (version « courtoise »), la passion des amants est, au départ, éminemment sexuelle. En dépit de tous les dangers, Tristan, qui couche dans la même chambre que Marc et Yseult, n'hésite pas à rejoindre celle-ci dans son lit à chaque occasion. Méprisant les dénonciations des « losengiers » (les flatteurs et sycophantes du Roi) et en particulier celles du nain Frocin, il revient à son amie comme à une source intarissable de plaisir que rehaussent réciproquement la beauté de la Reine et sa propre valeur de chevalier. De même, dans *La Folie Tristan* de Berne, qui narre l'épisode de Tristan (qui, à ce moment-là du récit, est banni du pays) revenant déguisé en fou à la cour de Marc, à peine le héros est-il parvenu à se faire reconnaître d'Yseult que Brengaine, sans dire un mot, se met à préparer le lit où, comme dit le texte, *entre Tristanz soz la cortine : entre ses braz tient la raïne* (« Tristan entre sous le baldaquin et tient la Reine entre ses bras »), comme si tout le sens de ce retour n'avait été que d'entrer sous cette « cortine ». Or cette attirance érotique, qui traduit indéniablement, dans l'esprit du jongleur médiéval, la force de la fatalité amoureuse qui lie les deux amants, finira par se découvrir comme un au-delà de la sexualité. Que nous l'apprenions par un épisode situé vers la fin du récit n'a qu'une importance secondaire : structuralement parlant, la relation entre les amants ne change pas. Yseult donc est sur le navire qui l'amène en Bretagne où Tristan, qui a été blessé par Estult l'Orgueilleux, l'attend avec impatience comme son dernier espoir de guérison. Le vaisseau, qui a bénéficié jusque-là d'un vent favorable, rencontre soudain une tempête qui fait croire à la Reine sa dernière heure venue. Voici le texte, que nous citons dans l'admirable version de Thomas d'Angleterre :

Lasse ! malheureuse ! Dieu ne veut pas que je vive jusqu'à ce que je voie Tristan. Il veut que je me noie en mer. Tristan, eussé-je pu vous parler que peu m'importerait après de mourir. Bel ami, je sais bien que vous n'aurez pas de réconfort une fois que vous aurez entendu annoncer ma mort. Vous en aurez une telle douleur, qu'ajoutée à votre grande langueur, vous ne pourrez plus guérir. Venir n'est pas en mon pouvoir, si Dieu le voulait, je viendrais, je m'occuperais de votre mal, car je n'ai pas d'autre douleur que de vous savoir privé de mon aide. Là est ma douleur et mon affliction, et j'ai au cœur tel grand chagrin que, si je meurs, vous n'aurez plus d'appui contre la mort. Ma propre mort, peu m'en chaut : si Dieu la veut, je le veux bien : mais je sais, bel ami, que vous mourrez dès que vous l'apprendrez. Notre amour est de telle sorte que je ne puis sentir de douleur sinon par vous, vous ne pouvez mourir sans moi, je ne puis périr sans vous. Si je dois périr en mer, il vous faudra vous noyer sur terre : ne pouvant vous noyer à terre, vous êtes venu me chercher en mer. Je vois votre mort devant moi et je sais bien qu'il va me falloir mourir bientôt. Ami, je manque à mon désir, car j'espérais mourir entre vos bras comme dans un cercueil, mais désormais c'en sera fait. Et pourtant, cela est encore possible, car si je dois me noyer ici, et vous, comme je le crois, vous noyer aussi, un poisson peut nous dévorer tous les deux, ainsi aurons-nous par aventure, bel ami, une sépulture. Et ce poisson, un pêcheur pourra le prendre, qui y reconnaîtra nos corps, et leur rendra ensuite les grands honneurs qui conviennent à notre amour[7].

Au-delà de l'identification réciproque qui *voue* chaque amant à l'autre dans le partage de la douleur et de la mort (*De tel manere est nostre amur / Ne puis senz vus sentir dolur ; / Vus ne pœz senz moi murrir, / Ne jo senz vus ne puis perir*[8]), cette image extraordinaire du rêve d'une sépulture commune dans le ventre d'un poisson lie de la manière la plus poignante l'amour à la mort. D'une certaine façon, Tristan et Yseult aiment la mort, pour eux la mort

7. Traduction libre des vers 1615-1662 de la version du *Roman de Tristan* de Thomas d'Angleterre, édité par Barbara H. Wind. Genève, Droz, 1960, pp. 152-154.

8. Ce que Marie de France résumera dans l'admirable formule qui figure au centre de son *Lai du Chevrefoil : « Bele amie, si est de nus : / ne vus sanz mei, ne jeo sans vus... »*

n'est pas le terme de l'amour, mais le lieu où se réalise la promesse de l'amour, en tant que cette promesse est promesse d'union. Et si la mort peut être cette promesse, c'est qu'elle met fin à la séparation qui, de leur vivant, empêche les amants de réaliser ce qui est depuis le début leur rêve profond, le rêve de fusion.

Ce rêve, déjà si sensible dans la légende médiévale, on ne le trouve exprimé nulle part de manière plus claire que dans le *Tristan* de Wagner dont le livret répond, à six siècles de distance, à la version allemande que Gottfried von Strassburg avait donnée du texte de Thomas. Wagner n'a pas repris, dans son dernier acte, le rêve de la sépulture commune dans le ventre du poisson. Mais il avait déjà, dans le duo d'amour de l'acte II, fixé d'une manière inoubliable la fascination réciproque des amants et leur élan vers l'identité. Dans cette fin de la scène 2 de l'acte II qui avait commencé par un « hymne à la nuit » n'ayant rien à envier à ceux de Novalis, l'exaltation passionnelle atteint, musicalement et verbalement, à un point où c'est l'existence même de la séparation physique, individualisante, des amants qui va être mise en question. Et l'horizon du dépassement de cette séparation, ce n'est rien d'autre que la mort :

ISOLDE

Mais notre amour,
ne se nomme-t-il pas Tristan

et — Isolde ?
Cette douce particule : « et »,
ce qu'elle lie,
le lien d'amour,
si Tristan mourait,
la mort ne la détruirait-elle pas ?

TRISTAN

Que la mort détruirait-elle?
sinon ce qui nous gêne,
ce qui empêche Tristan
d'aimer Isolde à jamais,
d'être à elle à jamais ?

ISOLDE

Mais cette particule : « et »
fût-elle abolie,
comment sinon
avec la vie d'Isolde
Tristan recevrait-il la mort ?

TRISTAN

Ainsi mourrions-nous
pour vivre réunis,
unis à jamais,
sans fin,
sans éveil,
sans crainte,
entourés sans nom
par l'amour,

rendus à nous-mêmes,
vivant pour le seul amour[9] *!*

Que ce rêve d'une sorte de dissolution dans l'amour soit, avec l'annulation de la marque même d'union (et donc de séparation) — le « und » —, rêve de l'abolition de l'identité propre de chacun dans l'unité fusionnelle, c'est ce que l'on voit tout à la fin de cette scène lorsque, sur les accords tendus du motif musical de la *Liebestod* qui, posés dans leur tension dès le Prélude, ne se résoudront qu'avec la mort d'Isolde, les amants expriment leur exultation dans un échange destiné à chanter l'abolition de leur personne propre :

TRISTAN

Tristan du,	Toi Tristan,
ich Isolde,	moi Isolde,
nicht mehr Tristan !	non plus Tristan !

9. L'allemand si particulier de Wagner impose qu'on donne ici l'original : ISOLDE : *Doch unsre Liebe, / heisst sie nicht Tristan / und — Isolde ? Dies süsse Wörtlein : « und », / was es bindet, / der Liebe Bund, / wenn Tristan stürb' / zerstört'es nicht der Tod ?*
TRISTAN : *Was stürbe dem Tod, / als was uns stört, / was Tristan wehrt, / Isolde immer zu lieben, / ewig ihr nur zu leben ?*
ISOLDE : *Doch dies Wörtlein : « und » / wär'es zerstört, / wie anders als / mit Isoldes eignem Leben / wär' Tristan der Tod gegeben ?*
TRISTAN : *So stürben wir, / um ungetrennt, / ewig einig, / ohne End', / ohn'Erwachen, / ohn'Erbangen, / namenlos / in Lieb'umfangen, / ganz uns selbst gegeben, / der Liebe nur zu leben !*

ISOLDE

Du Isolde,	Toi Isolde,
Tristan ich,	moi Tristan,
nicht mehr Isolde !	non plus Isolde !

Comme auparavant le rêve d'une mort abolissant le mot de liaison, la permutation des prénoms a pour sens de hâter l'avènement de la fusion du couple dans ce que le livret nomme la *höchste Liebelust*, la plus haute joie d'amour. Située dans l'au-delà du langage *(ohne Nennen)* comme dans l'au-delà de la séparation *(ohne Trennen)*, celle-ci se propose comme une extase littéralement métaphysique dans laquelle il ne serait sans doute pas difficile de déchiffrer la projection du triomphe de la pulsion de mort sur les pulsions d'Éros, et dont du reste plusieurs autres passages de l'œuvre de Wagner offrent une éclatante illustration[10].

C'est peut-être parce qu'il pressentait le caractère suicidaire, sinon délétère, de cette abolition fusionnelle de soi s'indiquant dans le sacrifice des noms que, dans la version du mythe tristanesque qu'il livrera sous le titre de *Partage de midi*, et dont un autre texte nous apprend qu'il se voudra réponse explicite à Wagner, Claudel lui opposera le leitmotiv de la formule : « Mésa, je suis Ysé, c'est

10. Ainsi notamment à la fin de *Siegfried* où le duo d'amour final s'achève sur la mise en parallèle de la *leuchtende Liebe* (l'amour éclatant) et du *lachender Tod* (la mort souriante).

moi » (ou, à l'inverse : « C'est moi, Ysé. Je suis Mésa »). Dans cette formule qui scande les trois actes comme un rite d'union, les protagonistes, si hantés qu'ils soient eux aussi par la réminescence du mythe platonicien de l'androgyne[11], n'en demeurent pas moins cantonnés dans les limites d'une identité qui peut, certes, s'ouvrir à l'autre, mais non pas se dissoudre en lui. Et c'est donc sans surprise que l'on voit, tout à la fin de l'acte III, la formule susdite le céder à telle autre (« Je consens à toi, Ysé », « Je consens à toi, Mésa ») qui en constitue, si l'on peut dire, le développement naturel et qui fixe au contraire chacun des amants dans ce que le texte nomme encore « le mystère d'un consentement réciproque » dont le caractère antifusionnel est évident.

III. LA SPÉCULARITÉ

Il y a dans la légende de Tristan une caractéristique dont on ne fait pas souvent grand cas : son organisation onomastique. Outre le jeu d'interversion des syllabes de Tristan en Tantris, qui permet à celui-ci de revenir incognito à la cour de son oncle, outre l'évidente connotation symbolique du nom de la forêt où les amants se réfugient pendant trois

11. *Cf.* les paroles d'Ysé : « Ô mon Mésa, tu n'es plus un homme seulement, mais tu es à moi qui suis une femme, / Et je suis un homme en toi, et tu es une femme avec moi... »

ans[12], il faut relever en effet que chacun des amants est doté d'un double nominal, qui en est à la fois le simulacre et le reflet. Exilé de la cour de Marc, Tristan erre désolé en Bretagne jusqu'à ce que l'amitié de son ami Kaherdin le convainque d'épouser la sœur de celui-ci, Yseult aux blanches mains, dont, dit Thomas, *Ne ſust ele Ysolt apelee / Ja Tristrans ne la oüst amee* (« Jamais Tristan ne l'eût aimée, si elle ne se fût appelée Yseult »). De son côté, lui mourra de la plaie que lui a infligée Estult l'Orgueilleux contre lequel il s'est battu sur l'injonction d'un personnage nommé Tristan le Nain qui lui a demandé assistance au nom de sa réputation de parfait amant. Yseult aux blanches mains, cela ne fait aucun doute, est un double amoindri de la Reine, Tristan le Nain un amoureux qui ne diffère que par la taille du neveu de Marc. On dirait, d'une certaine manière, que Tristan a besoin de ces étayages pour vivre, comme il a besoin de la « Salle aux images », c'est-à-dire de la grotte où il a fait secrètement représenter des scènes de ses amours avec la Reine. Dès lors, on peut se demander si, par ces reflets nominaux, le texte ne suggère pas la nature spéculaire de la passion que chacun des amants porte à l'autre. Et de là, en généralisant quelque peu, si toute passion n'est pas, d'une manière qu'il faudra alors préciser, aussi bien pas-

12. La forêt du Morrois, parfait homonyme de mort-roi, c'est-à-dire « mort du Roi ».

sion de l'image de soi que de l'image de l'aimée. Un détail de la mise en scène de Jean-Pierre Ponnelle pour le *Tristan* de Bayreuth le suggérait avec beaucoup de finesse. Ponnelle avait en effet remplacé la coupe habituelle dans laquelle les amants boivent traditionnellement le vin herbé à l'acte I par une coupe presque plate, dans le fond de laquelle les protagonistes voyaient se réfléchir leur propre image. À suivre l'interprétation du metteur en scène, la magie du vin herbé consisterait dans le fait qu'en voyant l'autre, chacun des amants voit en même temps une image de lui-même, que chacun devient donc le miroir de l'autre et que la passion s'explique par cette spécularité si gratifiante. Le mythe de Tristan rejoindrait donc sur ce point le mythe de Narcisse et la relation passionnelle se révélerait une relation narcissique.

Ce soubassement narcissique de la passion, par lequel la personne de l'aimé(e) tend à devenir une image-miroir de l'amant, image qui, à son tour, soutient le sentiment de soi de celui-ci, est rarement plus sensible que dans les romans de Stendhal[13]. Autrui, dans le monde de la passion stendhalienne, n'est souvent en effet que le lieu d'autoprojection où le moi déploie en imagination l'image de soi qu'il désire ou dont il a besoin pour obtenir sa

---

13. Sur ce point, nous nous permettons de renvoyer à notre étude « Henry Brulard et les fondements subjectifs de l'écriture chez Stendhal », *Versants,* 8, 1985, pp. 59-76.

propre estime. Écoutons par exemple Mathilde de La Môle découvrant son amour pour Julien : « Une idée l'illumina tout à coup : "J'ai le bonheur d'aimer, se dit-elle un jour, avec un transport de joie incroyable. J'aime, j'aime, c'est clair ! À mon âge, une fille jeune, belle, spirituelle, où peut-elle trouver des sensations, si ce n'est dans l'amour ?" [...] Elle repassa dans sa tête toutes les descriptions de passion qu'elle avait lues dans *Manon Lescaut,* la *Nouvelle Héloïse,* les *Lettres d'une religieuse portugaise,* etc., etc. Il n'était question, bien entendu, que de la grande passion ; l'amour léger était indigne d'une fille de son âge et de sa naissance. Elle ne donnait le nom d'amour qu'à ce sentiment héroïque que l'on rencontrait en France du temps de Henri III et de Bassompierre. Cet amour-là ne cédait point bassement aux obstacles ; mais, bien loin de là, faisait faire de grandes choses. "Quel malheur pour moi qu'il n'y ait pas une cour véritable comme celle de Catherine de Médicis ou de Louis XIII ! Je me sens au niveau de tout ce qu'il y a de hardi et de plus grand."[14] »

Ce qu'il y a peut-être de plus frappant dans ce passage, c'est le peu de réalité qu'y revêt celui qui, après tout, est censé être l'objet de l'amour de la jeune fille. Mathilde ne songe ici à Julien que dans la mesure où l'amour qu'elle croit éprouver pour lui la met en position de se retrouver dans une

14. Stendhal, *Le Rouge et le Noir,* Paris, Garnier, p. 309.

situation romanesque type ou, mieux encore, d'imiter, au moins en esprit, l'*imagerie héroïque* qu'elle a héritée de son milieu ultra et sur laquelle elle a projeté son idéal. Ainsi l'« amour de tête » de Mlle de La Môle (ce sont les termes mêmes dont Stendhal se sert à son sujet) se révèle surtout un déploiement spéculaire, où la réalité de l'autre n'est admise qu'en tant qu'elle se fait le support de l'image de soi dont la jeune fille est éprise : « Oui, c'est l'amour avec tous ses miracles qui va régner dans mon cœur ; je le sens au feu qui m'anime. Le ciel me devait cette faveur. Il n'aura pas en vain accumulé sur un seul être tous les avantages. Mon bonheur sera digne de moi. Chacune de mes journées ne ressemblera pas froidement à celle de la veille. Il y a déjà de la grandeur et de l'audace à oser aimer un homme placé si loin de moi par sa position sociale. Voyons : continuera-t-il à me mériter ? À la première faiblesse que je vois en lui, je l'abandonne.[15] » Comme on le voit à la dernière phrase, la « passion » de Mathilde s'avoue dans son caractère le plus ouvertement conditionnel : support de l'héroïsme dont elle rêve. Julien n'est admis et valorisé que pour permettre à sa rêverie de se déployer. Récusable, dès que sa fonction gratifiante menace de prendre fin, sa personnalité propre n'a de consistance, aux yeux de son amante, que de miroir, de surface réfléchissante destinée à permettre au désir d'auto-

15. *Ibid.*, p. 310.

exaltation de la jeune fille de prendre carrière. Mathilde s'aime à travers Julien, Julien n'est que le truchement spéculaire de son amour de soi.

Position fragile, on s'en doute. L'étayage narcissique venant à faire défaut, le moi amoureux se trouve rapidement placé devant une alternative douloureuse : abandonner la personne aimée au risque de se retrouver seul ou, au contraire, s'identifier au refus que cette personne a opposé à la demande de gratification. On verse alors dans une position quasi masochiste dont les mêmes personnages de Stendhal sont coutumiers. Quelques chapitres plus loin, les deux amants offrent un exemple parfait de ces deux issues passionnelles :

Dans les caractères hardis et fiers il n'y a qu'un pas de la colère contre soi-même à l'emportement contre les autres ; les transports de fureur sont dans ce cas un plaisir vif.

En un instant, Mlle de La Môle arriva au point d'accabler Julien des marques de mépris les plus excessives. Elle avait infiniment d'esprit, et cet esprit triomphait dans l'art de torturer les amours-propres et de leur infliger des blessures cruelles.

Pour la première fois de sa vie, Julien se trouvait soumis à l'action d'un esprit supérieur animé contre lui de la haine la plus violente. Loin de songer le moins du monde à se défendre en cet instant, il en vint à se mépriser soi-même. En s'entendant accabler de marques de mépris si cruelles, et calculées avec tant d'esprit pour détruire toute bonne opinion qu'il pouvait avoir de soi, il lui semblait que Mathilde avait raison et qu'elle n'en disait pas assez[16].

Julien, du reste, n'est pas le premier héros de Stendhal à subir un pareil renversement de passion. Dans *Armance*, le premier roman de l'auteur, Octave avait déjà connu une position semblable. Amoureux non déclaré de l'héroïne éponyme, il lui voue un respect sans limite. Comme dit le texte : « Il estimait Armance beaucoup et pour ainsi dire uniquement ; il se voyait méprisé par elle, et il l'estimait précisément à cause de ce mépris.[17] » La promptitude du texte à passer d'un vocabulaire de l'*amour* à un vocabulaire du mépris traduit à la fois la solidarité entre ces deux dimensions et le lien narcissique qui les sous-tend. Le mépris n'est que la conséquence logique d'une relation spéculaire qui s'est fourvoyée, que l'envers de la demande de gratification. Tourné contre l'autre si le moi se sent assez fort pour se passer de lui, et dès lors instrument de sa perte, le mépris tend tout aussi souvent à se tourner contre soi, si, au contraire, la faiblesse du moi le pousse à *s'identifier* à celui ou à celle qui oppose une fin de non-recevoir à sa demande d'amour.

---

16. *Ibid.*, p. 366.
17. Stendhal, *Armance,* Garnier-Flammarion, p. 57.

IV. LA SUSPENSION DU MOI À L'AUTRE

Cette *identification*, elle est omniprésente dans la tradition courtoise qui, dès les troubadours provençaux du XIIe siècle, tend à esquisser le profil de celui qu'on ne tardera pas à nommer le « parfait amant ». Ce « parfait amant », qui fixa pour des siècles le modèle d'une position quasi masochiste de la passion, nul n'en donnera une plus ample, ni plus belle représentation, qu'Honoré d'Urfé dans cette *Astrée* qui fut, ne l'oublions pas, le roman d'amour le plus lu en France jusqu'à ce que Rousseau le détrône avec sa *Nouvelle Héloïse*.

Or cette persistance même ne va pas de soi. Qu'il s'agisse de la France méridionale de Guillaume IX d'Aquitaine, comte de Poitiers ou de celle de Henri IV, la soumission absolue de l'amant à sa dame est, sur le plan sociologique, un contresens flagrant : bien loin d'être les souveraines sous les traits desquelles la littérature les représente, les femmes étaient en vérité des biens d'échange soumis aux aléas économiques des familles dans lesquelles elles étaient nées. Pour qu'une représentation aussi peu conforme à la réalité de leur statut ait continué à avoir cours, il faut donc croire qu'elle répondait à une autre nécessité. Cette nécessité, nous faisons quant à nous l'hypothèse que c'est celle de la passion, et que, dans la position du « parfait amant », la littérature a fixé durablement l'un des traits majeurs de l'amour passionnel, la suspension du moi à l'objet aimé.

Rien ne saurait illustrer plus clairement notre propos que les premières pages de *L'Astrée*. Berger et bergère, Céladon et Astrée sont épris l'un de l'autre d'un amour idéal qu'ils doivent toutefois dissimuler par suite de l'inimitié qui sépare leurs familles. Un jour, Céladon est accusé à tort d'infidélité à l'égard de sa bergère par un autre berger nommé Sémyre. Ignorant le « forfait » dont on l'a accusé, Céladon aborde Astrée comme à l'accoutumée :

Il lui vint donner le bonjour, plein de contentement de l'avoir rencontrée, à quoi elle répondit et de visage et de parole si froidement que l'hiver ne porte point tant de froideurs ni de glaçons. Le berger, qui n'avait pas accoutumé de la voir telle, se trouva d'abord fort étonné, et, quoiqu'il ne se figurât la grandeur de sa disgrâce telle qu'il l'éprouva peu après, si est-ce que le doute d'avoir offensé ce qu'il aimait, le remplit de si grands ennuis que le moindre était capable de lui ôter la vie. [...] Il n'y avait pas une seule action de sa vie, ni une seule de ses pensées, qu'il ne rappelât en son âme, pour entrer en compte avec elles, et savoir en quoi il avait offensé ; mais n'en pouvant condamner une seule, son amitié le contraignit de lui demander l'occasion de sa colère. Elle, qui ne voyait point ses actions, ou qui, les voyant, les jugeait toutes au désavantage du berger, allait rallumant son cœur d'un plus ardent dépit si bien que, quand il voulut ouvrir la bouche, elle ne lui donna pas même le loisir de proférer les première paroles sans l'interrompre, en disant : « Ce ne vous est donc pas assez, perfide et déloyal berger, d'être trompeur et méchant envers la personne qui le méritait le moins, si, continuant vos infidélités, vous ne tâchiez d'abuser celle qui vous a obligé à toute sorte de franchise ? Donc vous avez bien la hardiesse de soutenir ma vue, après m'avoir tant offensée ? Donc vous m'osez présenter, sans rougir, ce visage dissimulé qui couvre une âme si double, et si parjure ? Ah ! va, va tromper une autre, va perfide, et t'adresse à quelqu'une de qui tes perfidies ne soient point encore reconnues, et ne pense plus de te pouvoir déguiser à moi, qui ne reconnais que trop, à mes dépens, les effets de tes infidélités et trahisons. »

Quel devint alors ce fidèle berger ? Celui qui a bien aimé le peut juger, si jamais tel reproche lui a été fait injustement. Il tombe à ses genoux, pâle et transi, plus que n'est pas une personne morte[18].

Incapable d'obtenir le droit de s'expliquer devant la bergère qui ne tarde pas à s'en aller, Céladon avise un ruban et une bague qu'Astrée a laissés

18. Texte cité d'après le choix fourni par Jean Lafond : Honoré D'Urfé, *L'Astrée,* Paris, Gallimard, coll. Folio, pp. 38-40. Les douze premiers livres de *L'Astrée* avaient paru pour la première fois en 1607.

derrière elle, se les attache au bras et se jette les bras croisés dans la rivière du Lignon pour y chercher la mort.

On aurait tort de ne voir dans cette ouverture du roman que le simple pittoresque d'un dépit amoureux. Même transposés dans l'univers pastoral et idéalisé du pays de Forez, les sentiments qui agitent Astrée et Céladon relèvent de la manière la plus directe de l'univers passionnel. Rien de plus frappant, à cet égard, que la conduite de Céladon. Céladon ne sort pas une seconde de son rôle, il n'hésite pas un instant sur ce qu'il a à faire et surtout ne sort pas de la subordination la plus entière à l'endroit d'Astrée. Que celle-ci soit fâchée, il ne se donne qu'à peine le droit de lui en demander raison. Astrée est tellement idéalisée par lui qu'il ne se permet pas de la mettre en question. Il s'est à tel point dessaisi de son moi au profit du moi d'Astrée qu'il ne peut recevoir le droit de vivre que de celle-ci. Trait passionnel s'il en est, et qui s'accompagne de manière très logique de la tentation de suicide. C'est justement le propre de la passion de se révéler incapable d'imaginer une autre solution à la réalisation du désir amoureux que le suicide. La structure de l'amour courtois se révèle ici pour ce qu'elle est lorsqu'on l'envisage autrement que comme un moyen de perpétuer le désir : une économie du tout ou rien. Ou bien le moi obtient la satisfaction de son désir ou bien il se nie lui-même en tant que, n'étant que ce désir, il ne peut subsister en dehors de lui. Plus qu'une position masochiste, il y a ici identification du moi à son désir ou, si l'on préfère, de l'amant à son amour. Or si le moi est identifié à son désir, et si l'accomplissement de ce désir dépend de la seule personne désirée, ou plus exactement si cet accomplissement ne peut se légitimer qu'en tant qu'il est reconnu par cettc personne, le moment où celle-ci se refuse au désir du moi ne peut que signifier l'anéantissement de celui-ci. Le problème pour Céladon, c'est qu'il ne s'aime, c'est qu'il ne peut s'aimer qu'autant qu'Astrée l'aime. Si Astrée cesse de l'aimer, il cesse aussitôt de s'aimer soi-même et, laissé à la situation insupportable d'avoir à vivre sans s'aimer, il ne peut que se tuer.

Remarquable est ici la conscience que le roman prend de la fragilité de cette position passionnelle à laquelle il ne tardera pas à opposer son contraire. D'Urfé, tout en valorisant la noblesse amoureuse de Céladon ainsi que celle de son double, Silvandre, est trop conscient du peu de viabilité d'une telle façon d'aimer pour laisser penser à son lecteur qu'il en ignore le caractère problématique. Aussi bien, Céladon et Silvandre se verront-ils adjoindre la présence d'une contre-figure, aussi nécessaire que sympathique, nommée Hylas (du grec *hylé* qui veut dire « matière »). Hylas est la figure de l'inconstant, la figure d'une inconstance qui se revendique comme un art de vivre et qui sait tourner parodiquement en dérision l'idéalisme de ses amis parfaits amants. Il est donc en quelque sorte le représentant du désir à l'état de nature, mais, et c'est en quoi il est tout autre chose qu'un Papageno, par exemple, une nature qui serait réfléchie, qui saurait pourquoi elle veut ce qu'elle veut et qui saurait le justifier. Hylas est, si l'on veut, une anti-figure de la passion.

Cette fonction antithétique qui est la sienne ressort très clairement du plaisir qu'il éprouve à prendre le contre-pied de ses amis comme on le voit en plusieurs circonstances et notamment dans une sorte de jeu de sentences. Nous sommes, à ce stade du récit, dans un bois sacré dédié à l'Amour, orné par Céladon, qui y vit en ermite dans une solitude mélancolique. L'ornement comprend entre autres un tableau sur lequel sont gravées les *Douze tables des lois d'Amour*. Profitant d'un éloignement momentané de la troupe des bergers, Hylas modifie subrepticement l'intitulé de ces lois pour en renverser le sens. Voici successivement les deuxième et troisième lois dans la version de Céladon et dans la version d'Hylas :

CÉLADON

Qu'il n'aime jamais qu'en un seul lieu,
Et que cet amour soit un dieu
Qu'il adore pour toute chose.
Et n'ayant jamais qu'un objet,
Tous les bonheurs qu'il se propose,
Soient pour cet unique objet.

HYLAS

Qu'il aime et serve en divers lieux,
Et qu'il tourne toujours les yeux
Dessus quelque nouvelle chose.
Aimant ainsi divers objets,
Que les bonheurs qu'il se propose
Soient aussi pour divers sujets.

CÉLADON

Bornant en lui tous ses plaisirs,
Qu'il arrête tous ses désirs
Au service de cette belle,
Voire qu'il cesse de s'aimer,
Sinon que d'autant qu'aimé d'elle,
Il se doit pour elle estimer.

HYLAS

Ne bornant jamais ses désirs,
Qu'il cherche partout des plaisirs,
Faisant toujours amour nouvelle,
Voire qu'il cesse de l'aimer
Sinon que d'autant qu'aimé d'elle,
pour lui seul il doit l'estimer[19].

L'opposition qui se fait jour à travers les deux versions dessine à sa façon la différence entre la position passionnelle que nous cherchons à définir et la position « matérialiste » de l'ennemi de la

19. *Ibid.*, pp. 136-137.

passion. Dans la version de Céladon, qui est la version courtoise, l'exclusivité de l'objet aimé s'accompagne d'une subordination de soi à l'amour octroyé par cet objet, position dangereuse, comme nous l'avons vu, en ce que, donnant les pleins pouvoirs à l'aimée, elle menace l'existence même de l'amant. Sans doute, celui-ci tire-t-il justement gloire de dépendre ainsi de sa dame, c'est même là ce qu'il cherche et ce dont il se vante. Mais cette recherche n'a de sens que pour autant que son amour soit partagé, car, dans le cas contraire, le refus ou la froideur de la dame mène tout droit à la haine de soi et, par voie de conséquence, au suicide. La position d'Hylas est infiniment plus viable, qui fait dépendre au contraire l'amour accordé à l'objet de l'affection réciproque de cet objet. Le grand bénéficiaire de cette réciprocité, c'est le moi. Le moi qui cesse de s'exposer ainsi à une condamnation qui porte sur son existence même et retrouve ainsi l'équilibre d'un amour de soi bien entendu.

En fait, on aurait tort de penser que la vulnérabilité de la position représentée par Céladon ait échappé à D'Urfé, comme le prouve, du reste, le correctif que lui apporte l'invention du personnage d'Hylas. Céladon et Silvandre ne font en vérité qu'illustrer une façon d'aimer que la réflexion humaniste sur l'amour avait mise en lumière depuis longtemps. Il suffit par exemple de se reporter à ce qu'écrit Marsile Ficin dans son *Commentaire du* Banquet *de Platon* :

Il y a deux espèces d'Amour : l'un l'amour simple, l'autre l'amour réciproque. Il y a amour simple quand l'aimé n'aime pas l'amant. Dans ce cas, l'amant est complètement mort, car, comme nous l'avons démontré, il ne vit pas en lui-même et il ne vit pas dans l'aimé puisque son amour est repoussé. Mais alors où vit-il ? Dans l'air, dans l'eau, dans le feu, dans la terre ou dans le corps d'un animal ? Non, car l'âme humaine ne vit pas dans un autre corps que dans le corps humain. Mais peut-être vit-il dans le corps d'un autre homme qui n'est pas aimé ? Non plus, car s'il ne vit dans celui dans lequel il désire si ardemment vivre, comment pourrait-il vivre dans un autre ? Par conséquent, celui qui aime sans être aimé ne vit nulle part. C'est pourquoi l'amant qui n'est pas aimé est complètement mort, et il ne revivra jamais à moins que l'indignation le ressuscite[20].

V. LA RÉVERSIBILITÉ

Si injuste qu'elle ait été à l'endroit de Céladon, Astrée n'agit jamais que par dépit. La froideur subite qu'elle témoigne à son amant est, certes, une marque de colère, mais pas une marque de malignité. À la fragilité de la position intérieure de son

20. Marsile Ficin, *Commentaire du* Banquet *de Platon,* trad. Raymond Marcel, Paris, Les Belles-Lettres, pp. 156-157.

amant ne répond chez elle que sa propre position d'amante déçue, traduisant comme elle peut son désappointement. Sa manière d'user de son pouvoir, autrement dit, n'exprime rien d'autre que sa propre faiblesse.

Il en va parfois autrement. Le moi passionnément suspendu à la décision de celui ou de celle qu'il aime peut chercher à surmonter sa vulnérabilité en renversant le sens de ses sentiments et basculer d'une position passive à une mise en cause active de l'objet d'amour antérieurement pris pour miroir. Comme nous l'avons vu dans le passage du *Rouge et le Noir* cité plus haut, la dimension constitutivement narcissique du rapport de dépendance passionnelle à l'autre est constamment sujette à une réversibilité qui est avant tout préservation d'une image de soi : Mathilde, avant de se laisser aller à l'expression outrancière du mépris qu'elle éprouve désormais pour Julien, « était en quelque sorte anéantie par l'affreuse idée d'avoir donné des droits sur elle à un petit abbé, fils d'un paysan. C'est à peu près, se disait-elle dans les moments où elle s'exagérait son malheur, comme si j'avais à me reprocher une faiblesse pour un des laquais. » Le tour social donné ici au mépris ne doit pas dissimuler le fondement sentimental qui le sous-tend. L'horreur de Mathilde concerne beaucoup moins, en vérité, l'aspect de déclassement social de sa liaison que le statut spéculaire, pour ainsi dire, de son amant. Car si c'est précisément à cause de son infériorité sociale que Julien avait été choisi par Mathilde qui, par là, pouvait rêver faire acte de bravoure, c'est en tant qu'il échoue à soutenir l'excentricité d'un tel choix par un comportement ordinaire qu'il en est rejeté. La réalité propre du jeune homme se voit ainsi subordonnée au plaisir d'orgueil qu'il permet à sa maîtresse, et les sentiments de celle-ci se dévoilent pour ce qu'ils sont : une auto-exaltation qui emprunte le relais de l'autre pour mieux refluer vers soi.

Une même réversibilité est sensible chez celui dont on sous-estime souvent le degré de soumission aux mécanismes de la passion, le misanthrope de Molière. Alceste, dont toute la stratégie, quand on la comprend bien, n'a jamais tendu qu'à obtenir l'admiration *exclusive* tant de Célimène que du monde qui entoure celle-ci, se retrouve, lors de la dernière scène, dans la position de demander à la jeune veuve de le suivre dans ce qu'il nomme son « désert », comprenons un domaine retiré, où, en se vouant à son seul entretien, elle pourra effacer les fautes qu'elle a commises envers lui. Une demande d'amour, d'apparence noble et passionnée, préside donc à cette offre. Or celle-ci, devant les réticences de Célimène, se dévoile rapidement pour tout autre chose.

ALCESTE

Oui, je veux bien, perfide, oublier vos forfaits ;
J'en saurai, dans mon âme, excuser tous les traits,

Et me les couvrirai du nom d'une faiblesse
Où le vice du temps porte votre jeunesse,
Pourvu que votre cœur veuille donner les mains
Au dessein que j'ai fait de fuir tous les humains,
Et que dans mon désert, où j'ai fait vœu de vivre
Vous soyez, sans tarder, résolue à me suivre :
C'est par là seulement que, dans tous les esprits,
Vous pouvez réparer le mal de vos écrits,
Et qu'après cet éclat, qu'un noble cœur abhorre,
Il peut m'être permis de vous aimer encore.

CÉLIMÈNE

Moi, renoncer au monde avant que de vieillir,
Et dans votre désert aller m'ensevelir !

ALCESTE

Et s'il faut qu'à mes yeux votre flamme réponde,
Que vous doit importer tout le reste du monde ?
Vos désirs avec moi ne sont-ils pas contents ?

CÉLIMÈNE

La solitude effraye une âme de vingt ans :
Je ne sens point la mienne assez grande, assez forte,
Pour me résoudre à prendre un dessein de la sorte.
Si le don de ma main peut contenter vos vœux,
Je pourrai me résoudre à serrer de tels nœuds :
Et l'hymen…

ALCESTE

Non : mon cœur à présent vous déteste,
Et ce refus lui seul fait plus que tout le reste.
Puisque vous n'êtes point, en des liens si doux,
Pour trouver tout en moi, comme moi tout en vous,
Allez, je vous refuse, et ce sensible outrage
De vos indignes fers pour jamais me dégage[21].

La rapidité avec laquelle Alceste passe de l'offre de vie commune au rejet de la proposition de mariage atteste sans équivoque la fragilité du lien qui le rattache à Célimène. Celle-ci perd immédiatement tout son attrait pour lui dès que, refusant de « trouver tout en [lui] », elle brise le rêve d'omnipotence et d'omniprésence narcissique du misanthrope. L'affection de ce dernier avoue ainsi, dans le geste quasi infantile de son retournement, le fondement d'amour-propre qui n'a cessé d'accompagner son comportement, fondement dont la dimension passionnelle réside précisément dans la labilité avec laquelle cet amour-propre — ou ce que Molière, fidèle aux catégories de la théorie des humeurs, nomme l'atrabile ou l'humeur chagrine de son personnage — se montre susceptible de passer sans transition d'une position de dévotion à une position d'incrimination.

21. Molière, *Le Misanthrope,* acte V, scène dernière, v. 1757-1784.

VI. PASSION ET POUVOIR

Alceste, en s'exilant dans son « désert », ne punit finalement que lui-même. Sa retraite, outre qu'elle le montre sous un jour ridicule, laisse telle quelle la société dont il se sépare. S'il est vrai que son départ anéantit symboliquement ceux qu'il quitte, cet anéantissement reste, justement, symbolique et laisse intacte la société qu'il a vainement cherché à convertir au culte de sa personnalité. La réversibilité de sa passion s'est avérée, mais sans qu'elle se retourne sur quiconque d'autre que soi.

Il n'en va pas toujours ainsi. Dans le déchaînement passionnel, la règle est plutôt que la passion rebutée bascule en haine, et surtout en destruction tournée contre l'objet primitivement élu. De toutes les figures de ce renversement, nulle n'a plus d'ampleur que la première héroïne tragique que Corneille se risqua à mettre en scène, Médée.

Médée, chez Corneille, est la plus claire illustration de la manière dont la position passionnelle est, ou du moins peut être, structuralement liée à une volonté de pouvoir qui, lorsqu'elle est contrecarrée, se transforme immédiatement en destructivité. Figure de la toute-puissance, que ses dons de magicienne mettent à l'abri des représailles humaines, la fille d'Eétès est aussi de manière exemplaire la figure d'une passion dont l'envers dévoile la force du désir d'emprise que l'amour tendait à dissimuler. Meurtrière par amour au moment où il lui a fallu conquérir Jason, Médée envisage aussi sereinement de le devenir par haine au moment où il lui faut lutter contre l'infidélité de son mari :

Jason me répudie ! et qui l'aurait pu croire ?
S'il a manqué d'amour manque-t-il de mémoire ?
Me peut-il bien quitter après tant de bienfaits ?
M'ose-t-il bien quitter après tant de forfaits ?
Sachant ce que je puis, ayant vu ce que j'ose,
Croit-il que m'offenser ce soit si peu de chose ?

Ce que les symétries et les chiasmes de ce passage mettent en relief, c'est que l'identité passionnelle est — pour Médée elle-même ! — une question de pouvoir. Médée est littéralement ce qu'elle peut, ce qu'elle ose. Son identité, et même son identité amoureuse, dépend de ce pouvoir et de cette audace. On peut se demander à ce propos si cette dépendance ne nous apprend pas quelque chose sur la passion, si elle ne nous apprend pas, autrement dit, à comprendre la collusion de l'éros et du pouvoir comme constitutive de la passion ? La passion, en ce sens — c'était déjà la leçon qu'on pouvait tirer de la conduite d'Alceste —, serait une mainmise sur autrui, une mainmise destinée à maintenir l'autre dans sa fonction de miroir, dans la fonction spéculaire qui serait la sienne, et qu'on pourrait résumer dans une formule du type : « Je t'aime passionnément afin que tu me renvoies une image positive de moi-même. Je t'aime donc dans la mesure où tu t'abolis à mon profit et où je peux te maintenir dans cette abolition, c'est-à-dire dans la mesure où tu te fais ma créature, abdiquant ta personnalité propre pour devenir mon pur miroir, quitte à ce que, pour te rendre cette position supportable, je prétende m'abolir réciproquement à ton profit. »

Ce qui est très sensible, en tout cas, dans la passion incarnée par Médée, c'est à quel point l'envers de la mainmise est la destruction :

Quoi ? mon père trahi, les éléments forcés,
D'un frère dans la mer les membres dispersés,
Lui font-ils présumer mon audace épuisée ?
Lui font-ils présumer que ma puissance usée,
Ma rage contre lui n'ait par où s'assouvir,
Et que tout mon pouvoir se borne à le servir ?
Tu t'abuses, Jason, je suis encore moi-même,
Tout ce qu'en ta faveur fit mon amour extrême
Je le ferai par haine, et je veux pour le moins
Qu'un forfait nous sépare ainsi qu'il nous a joints ;
Que mon sanglant divorce en meurtres, en carnage,
S'égale aux premiers jours de notre mariage[22]...

L'insistance de Médée sur la symétrie de la des-

22. Corneille, *Œuvres complètes,* éd. G. Courton, Paris, Bibliothèque de la Pléiade, 1980, t. I, p. 548.

truction qui a présidé aux débuts de son amour et celle dont elle veut marquer son divorce atteste bien la solidarité de l'amour et de son envers. Qu'est-ce qui reste pareil entre l'amour des débuts et la haine de cette séparation ? Eh bien, justement, l'identité de l'héroïne : « Tu t'abuses, Jason, je suis encore moi-même. » Et qu'est-ce que ce *moi-même* ? C'est le pouvoir, et notamment le pouvoir de détruire[23]. Si Médée était elle-même par les forfaits commis *en faveur* de Jason, elle le sera par ceux qu'elle commettra *contre* lui. À défaut d'obtenir la gratitude que méritait son amour, elle fera triompher sa haine, forçant ainsi son conjoint inconstant à lui accorder, quoi qu'il en ait, la reconnaissance dont sa trahison la privait.

Telle lutte pour la reconnaissance est, si l'on en croit Racine, au cœur de la problématique passionnelle. L'exemple canonique est ici *Bajazet*. Dans *Bajazet*, l'articulation de l'amour, du pouvoir et de la lutte pour la reconnaissance constitue en effet le nœud même de l'intrigue. Roxane, favorite du sultan Amurat, elle-même sultane, tient en son pouvoir Bajazet, le frère d'Amurat, qu'elle aime, mais qui, lui, aime secrètement une princesse nommée Atalide. Maîtresse du sérail en l'absence du sultan, elle offre à Bajazet de le libérer de la prison où son frère l'a relégué, à la condition qu'il commence par

---

23. *Cf.* sur ce point notre *Éros et Pouvoir*, Neuchâtel, La Baconnière, 1988, pp. 67-82.

l'épouser, l'anoblissant du même coup. Bajazet, tergiversant pour éviter un engagement auquel ses affections répugnent, se voit alors adresser l'ultimatum suivant :

Mais avez-vous prévu, si vous ne m'épousez,
Les périls plus certains où vous vous exposez ?
Songez-vous que sans moi tout vous devient contraire ?
Que c'est à moi surtout qu'il importe de plaire ?
Songez-vous que je tiens les portes du palais ?
Que je puis vous l'ouvrir ou fermer pour jamais ?
Que j'ai sur votre vie un empire suprême,
Que vous ne respirez qu'autant que je vous aime ?
Et sans ce même amour qu'offensent vos refus,
Songez-vous, en un mot, que vous ne seriez plus[24] *?*

Où verrait-on plus clairement que dans ces vers comment la passion n'est parfois que la forme, quasi désespérée, d'une demande de reconnaissance par l'autre d'une identité dont l'être passionné se sent mal assuré. Un peu à la manière dont Hegel décrira plus tard la dialectique du maître et de l'esclave, Roxane exerce ici vis-à-vis de Bajazet un chantage qui n'a de sens que dans la mesure où ce qu'elle nomme son amour est, en fait, un appel à se voir investir d'une dignité sociale qui lui confére-

24. Racine, *Bajazet*, v. 503-512.

rait le statut social qui lui manque. C'est d'ailleurs ce que Bajazet cherche à lui faire accroire en répondant :

Oui, je tiens tout de vous, et j'avais lieu de croire
Que c'était pour vous-même une assez grande gloire,
En voyant devant moi tout l'empire à genoux
De m'entendre avouer que je tiens tout de vous[25].

Le tragique dans la situation de cette pièce, c'est qu'en même temps Roxane — et c'est en quoi elle est une vraie figure de la passion — ne veut devoir la reconnaissance qu'elle demande à partir de sa position de force qu'au seul pouvoir de l'amour. Or l'amour, dans cette pièce comme dans les autres pièces de Racine, n'est pas un pouvoir qu'on exerce sur l'autre, mais au contraire un pouvoir qu'on reconnaît à l'autre sur soi. Roxane, du coup, est prise dans ce que Sartre nommerait sans doute un tourniquet : si elle fait usage de son pouvoir, elle usurpe sa reconnaissance, mais si elle renonce à ce pouvoir, elle perd cette reconnaissance. Elle ne peut donc que chercher à forcer Bajazet à lui donner librement ce qu'elle désire, ce qui est en soi une contradiction.

Cela d'autant plus que de son côté Bajazet vit la situation inverse. Il a, lui, l'identité sociale qui man-

25. *Ibid.*, v. 513-516.

que à Roxane. Frère du sultan, il est, après Amurat, le second personnage sur l'échelle de la noblesse ou de la distinction de Constantinople. Mais il n'a pas le pouvoir. Or, de son point de vue à lui, Roxane ne peut atteindre à la grandeur sociale qu'elle lui demande qu'en lui restituant librement, par amour, un pouvoir dont il peut penser qu'il lui revient de manière légitime. Autrement dit, ce n'est qu'en lui cédant son pouvoir que Roxane pourra atteindre à une noblesse que son origine lui dénie. Le paradoxe ici est que l'appel qu'il fait à l'amour de Roxane commande à celle-ci de renoncer à exiger de lui la réciprocité amoureuse qui est, à ses yeux à elle, le seul honneur qu'elle convoite.

Impasse logique, dira-t-on, et avec raison. Ce qu'il faut bien comprendre, toutefois, est qu'il s'agit surtout d'une impasse passionnelle. Le conflit d'intérêts dans les positions respectives de Bajazet et de Roxane ne trouve en effet son acuité extrême que dans la mesure où la sultane n'envisage d'autre issue à sa démarche que catastrophique :

Malgré tout mon amour, si dans cette journée,
Il ne m'attache à lui par un juste hyménée,
S'il m'ose alléguer une odieuse loi,
Quand je fais tout pour lui, s'il ne fait tout pour moi,
Dès le même moment, sans songer si je l'aime,
Sans consulter enfin si je me perds moi-même,
J'abandonne l'ingrat et le laisse rentrer
Dans l'état malheureux où j'ai su le tirer[26].

26. *Ibid.*, v. 317-324.

La passion n'existe que dans l'espace de l'alternative de sa réalisation ou de la destruction, le moi passionné est tout entier suspendu à la réalisation de son désir. Pareille « folie » met clairement en lumière, me semble-t-il, la dépendance ou, si l'on préfère, la subordination de la sphère amoureuse au besoin de reconnaissance ou de gratification narcissique qui la sous-tend.

VII. PASSION ET CRÉATION LITTÉRAIRE

On comprend sans peine, en suivant, comme nous venons de le faire, quelques-unes des métamorphoses de la passion dans la littérature de la Renaissance ou de l'âge classique, pourquoi l'Église a toujours témoigné tant de méfiance à l'endroit du déploiement passionnel. Faute de respecter dans le partenaire l'image de son Créateur, faute, donc, de s'accompagner d'un respect de la Loi qui constitue chacun simultanément en pécheur et en enfant de Dieu, l'être de passion tend selon elle à s'arroger sur son objet une emprise et, davantage encore, un pouvoir de destruction qui sont, à proprement parler, une usurpation du pouvoir divin. Comme, d'autre part, cette Église ne peut méconnaître la réalité du fonds passionnel qui subsiste en chacun, et que son expérience la détourne de prétendre, à l'instar de la doctrine stoïcienne, que l'abolition des passions soit une entreprise possible, sa stratégie va consister à en identifier d'abord le ferment destructeur, puis à en redresser la force à des fins plus acceptables. Une page de l'oratorien J.-F. Senault témoigne, s'il en était besoin, de la profondeur psychologique qui sous-tend la position ecclésiastique :

> *Aussi pour la tromper* [la passion] *il a fallu que le péché ait déréglé notre nature, et qu'il ait converti l'amour naturel en amour-propre, faisant de la source de tous nos biens l'origine de tous nos maux : car pendant l'état d'innocence, l'homme ne s'aimait que pour Dieu, et la nature était si bien tempérée par la grâce, que toutes ses inclinations étaient saintes ; en cette heureuse condition, la charité était confondue avec l'amour-propre, et l'homme ne craignait point qu'en s'aimant soi-même, il fît du tort à son prochain. Mais depuis sa désobéissance, son amour changea de nature, celui qui regardait d'un même œil les avantages des autres et les siens commença de les séparer et, oubliant ce qu'il devait à Dieu, il fit un Dieu de lui-même*[27].

À en croire Senault, la perversion de la passion serait ainsi due à l'amour-propre. C'est ce que nous avons décrit jusqu'ici sous le terme de narcissisme. Détournant l'amour de sa destination première, l'amour-propre serait responsable de la rupture du

27. Senault, *De l'usage des passions* (1641), rééd. « Corpus des œuvres de philosophie en langue française », Paris, Fayard, 1987, p. 171.

lien social (ainsi que, sur un autre plan, de la perturbation de la communauté des croyants) et de l'usurpation de la place de Dieu. Dès lors, le seul remède à un tel état de choses consistera à prôner un « usage des passions » qui, parce qu'il prend en compte les tentations auxquelles la passion s'expose, en surveille d'autant plus étroitement les objets, et, dénonçant les séductions de l'amour-propre, vante l'amitié, la charité ou, le cas échéant, l'abstinence[28].

S'il est significatif que Senault assigne au narcissisme l'origine d'une dénaturation de l'amour, il ne l'est pas moins qu'il dédie son traité à Richelieu. Le cardinal, en 1641, n'est pas seulement le timonier de la barque politique de la France, il est aussi celui qui a entrepris, dès 1635, la réhabilitation du théâtre français. En lui dédiant son ouvrage, Senault essaie, indubitablement, d'attirer l'attention du cardinal sur l'incrimination de la littérature en général, et du théâtre en particulier, contre lesquels l'Église a pris une position dont l'hostilité va croissant.

Or ce qu'il faut bien voir, c'est que ce lien n'est pas fortuit. Il existe un rapport en profondeur entre l'entreprise littéraire, la passion et le choix de l'amour de soi. Et ce rapport, loin d'être accidentel ou, sur un autre plan, coupable, est en vérité constitutif. Autrement dit, ce qui, du point de vue d'une critique de théologien ou de moraliste, peut être

28. *Ibid.*, pp. 177-188.

stigmatisé au nom d'une vision anthropologique plus équilibrée, est susceptible, aussi bien, de se révéler fondateur sur le plan de la création littéraire.

Revenons à Phèdre, notre premier exemple. Phèdre est l'expression même de la passion amoureuse parce qu'elle n'est que cela. Sa fonction de reine, sa fonction de mère, sa fonction d'épouse n'existent plus pour elle ou n'existent que dans la mesure où elles peuvent servir d'instrument à son désir de séduire Hippolyte. Phèdre s'est à ce point identifiée à son rêve d'Hippolyte qu'elle n'est plus que ce rêve : non seulement Hippolyte est devenu son dieu, mais encore elle est seule avec ce dieu, au point qu'elle vit dans cette solitude essentielle que la structure dramaturgique de la pièce a pour sens de mettre en évidence. Incapable de véritable dialogue, sinon avec cette part d'elle-même que représente Œnone, Phèdre est devenue prisonnière du long monologue qu'elle entretient tantôt avec l'image de son bien-aimé et tantôt avec les figures fantasmatiques de sa parenté (le Soleil, Minos) qui, croit-elle, lui reprochent son « crime ». En dehors de sa passion pour Hippolyte, il n'y a rien, sinon la mort.

Or, la passion de Phèdre, en tant qu'elle est choix exclusif d'une figure avec laquelle la reine cherche à recomposer son être, peut être dite comme la métaphore, comme l'allégorie de l'œuvre littéraire. L'œuvre littéraire, la grande œuvre littéraire, naît de l'exclusivité du geste par lequel elle a aboli tout ce qui n'est pas l'objet auquel elle a voué sa passion.

L'amour (ou son envers, la haine) serait ainsi le modèle originaire de ce qui permettrait à l'œuvre d'exister dans la mesure où l'amour est passionnément négateur de tout ce qui n'est pas lui.

Que cet amour soit hanté par l'amour de soi, comme nous l'avons vu, un autre grand texte le montre à plaisir, qui constitue d'ailleurs la réponse d'un poète à Racine. Ce texte, c'est, bien entendu, *Hérodiade* de Mallarmé. Hérodiade, c'est Phèdre selon Mallarmé. Mais, toute la différence est là, c'est une Phèdre passionnément éprise d'elle-même au lieu d'être éprise d'Hippolyte. Hérodiade est amoureuse d'elle-même, et dans cet amour, Mallarmé a signifié ce qui a été la conviction fondamentale de toute sa vie, à savoir qu'en littérature l'essence de toute œuvre véritable est de se réfléchir soi-même, comme Hérodiade aime à se réfléchir dans le miroir devant lequel elle passe son temps. Ce que Mallarmé nous dit, en d'autres termes, c'est qu'à travers la métaphore amoureuse de cette figure qui avoue sans scrupule : « Oui, c'est pour moi, pour moi, que je fleuris, déserte ! », la poésie indique son vœu profond, qui est de vivre exclusivement l'amour qu'elle a de soi, au détriment de tout le reste du monde incarné, dans ce poème, par une nourrice qui n'est que l'équivalent mallarméen d'Œnone. Or, s'il n'y a rien d'étonnant à ce qu'on imagine que l'essence de la littérature soit d'être réflexive, il n'en demeure pas moins significatif que Mallarmé, qui est le poète le plus réflexif qui soit, choisisse la passion amoureuse pour signifier son credo.

Toutes les passions ne sont pas aussi narcissiques que celle d'Hérodiade, ou du moins ne le sont pas de la même façon. Médée, pour revenir à elle, ne laisse pas, si dévorante soit-elle, d'avoir éminemment besoin du monde extérieur, de Jason, de Créon et de Créuse pour affirmer sa propre puissance. Autrement dit, si le but ultime de Médée est d'affirmer le pouvoir absolu de sa passion, soit au service de son amour, soit au service de sa haine, l'existence même de Jason, de Créon et de Créuse lui est indispensable pour soutenir une passion qui, sans eux, n'aurait plus d'objet. Si destructrice que soit la magicienne, sa destructivité même présuppose la réalité de l'objet contre lequel elle va s'exercer. Si, comme le pense Fumaroli [29], Médée est une figure de l'auteur dramatique, une magicienne comparable à cet autre magicien qu'est l'écrivain, sa passion pour Jason et les vicissitudes de cette passion figurent aussi bien l'objet auquel l'œuvre s'attache pour affirmer en lui et à travers lui la souveraineté de son pouvoir. Ou pour le dire autrement, le rapport passionnel à autrui que

29. Marc Fumaroli, « Melpomène au miroir : la tragédie comme héroïne dans *Médée* et dans *Phèdre* », *Saggi di recerche e di letteratura francese,* t. XIX, 1980, pp. 175-205.

l'œuvre met en scène serait en même temps la métaphore de son rapport à la réalité. Mais si ce rapport à autrui, dans la mesure même où il est passionnel, tend à prendre la place de tout ce qui n'est pas lui, si la réalité amoureuse tend à se substituer au reste de la réalité, la question se pose, sur le plan littéraire, de la viabilité de cette réalité amoureuse. Comment l'œuvre va-t-elle s'y prendre pour donner aux quelques éléments qu'elle retient à l'exclusion de tous les autres un poids de réalité suffisant pour qu'il contrebalance le poids de toute la réalité absente ? Cette question, qui est éminemment celle du classicisme, est en même temps celle de la littérature en général. Elle trouve sa réponse, différente d'œuvre en œuvre, dans la manière dont un texte double les mots avec lesquels il est écrit de la mémoire ou du moins du rappel des mots, et à travers ces mots, de l'univers, qu'il a choisi d'exclure. Un passage de *Partage de midi*, auquel nous faisions allusion plus haut, nous permettra d'illustrer notre propos. Il s'agit d'un extrait du grand duo d'amour de l'acte II entre Ysé et Mésa, situé dans le cimetière de Hong Kong. C'est Ysé qui parle :

Moi, je comprends, mon bien-aimé,
Et je suis comprise, et je suis la raison entre tes bras, et je suis Ysé, ton âme !
Et que nous font les autres ? mais tu es unique et je suis unique.

Et j'entends ta voix dans mes entrailles comme un cri qui ne peut être souffert,
Et je me lève vers toi avec difficulté comme une chose énorme et massive et aveugle et désirante et taciturne.
Mais ce que nous désirons, ce n'est point de créer, mais de détruire, et que ah !
Il n'y ait plus rien d'autre que toi et moi, et en toi que moi, et en moi que ta possession, et la rage et la tendresse, et de te détruire et de n'être plus gênée
Détestablement par ces vêtements de chair, et ces cruelles dents dans mon cœur,
Non point cruelles !
Ah, ce n'est point le bonheur que je t'apporte, mais ta mort, et la mienne avec elle,
Mais qu'est-ce que cela me fait à moi que je te fasse mourir,
Et moi, et tout, et tant pis ! pourvu qu'à ce prix qui est toi et moi,
Donnés, jetés, arrachés, lacérés, consumés,
Je sente ton âme, un moment qui est toute l'éternité, toucher,
Prendre
La mienne comme la chaux astreint le sable en brûlant et en sifflant[30] *!*

Sur le plan de l'argumentation, ce passage dit

30. Paul Claudel, *Partage de midi,* Gallimard, 1949, pp. 110-111.

bien avant tout l'absolue dévalorisation que la passion fait subir à tout ce qui n'est pas elle, et même à tout ce qui, de la personne passionnée, n'est pas cette « âme », c'est-à-dire ce centre essentiel où vibre le sujet passionné. Mais en même temps, et c'est ce qui fait la force de Claudel ainsi que la valeur exemplaire de cet extrait, cette dévalorisation s'indique dans des mots qui nous font comprendre qu'Ysé n'oublie à aucun moment l'épaisseur du monde qu'elle révoque. Dans ces « entrailles », dans cette suite d'épithètes (« énorme et massive et aveugle et désirante et taciturne »), dans cette rage et cette tendresse, dans cette fièvre de détruire, dans cette scansion des participes passés (« donnés, jetés, arrachés, lacérés, consumés »), dans cette chaux qui brûle et qui siffle en astreignant le sable, la densité concrète de l'être se rappelle à chaque instant. La manière même dont Ysé donne congé au monde au profit de son amour est encore à ce point engagée dans la gangue sensible de ce monde que celui-ci parvient à réitérer sa présence au sein même du discours qui tend à l'annuler. Dans ce congé au monde qu'Ysé adresse à son amant, comment ne pas entendre, confondus, mais vibrant dans une harmonique secrète, la volonté de table rase qui prélude à l'œuvre d'art qu'elle rend possible, d'une part, et le rêve ultime, essentiel et terrifiant de la passion amoureuse, d'autre part. Les mots d'Ysé récusent un monde comme ils recomposent un monde. Situés loin au-delà du bien et du mal, ils disent le prix de la destruction dont le désir passionnel doit s'acquitter pour s'affirmer comme l'absolu qu'il prétend être. Passionnément négateurs de tout ce qui n'est pas eux, ils ne craignent pas de faire de cette négation l'essence même de leur ressort. À ce titre, ils disent de façon emblématique, nous semble-t-il, le rapport de la littérature et de la passion.

D'UNE SOLITUDE À L'AUTRE

Que la solitude soit un état n'empêche pas qu'elle puisse être aussi une activité. Du moins sur le plan littéraire, la notion de *solitude active* permet-elle de rendre compte d'une série de stratégies touchant le rapport de l'écrivain à la réalité qui l'entoure aussi bien qu'à sa réalité intérieure. Être seul, loin de signifier une simple déréliction, devient alors le lieu ou l'occasion d'une recherche d'équilibre, d'une élaboration ou d'un réaménagement des sollicitations diverses, nourricières, frustrantes ou même insupportables d'un vécu qu'il incombe à l'écriture de maîtriser.

On essaiera dans les pages qui suivent de saisir trois moments ou trois aspects de telles stratégies : dans *Les Rêveries du promeneur solitaire* de Rousseau, *Le Spleen de Paris* de Baudelaire ainsi que dans *Une saison en enfer* de Rimbaud. Comme on le voit, ces textes appartiennent soit à la tradition autobiographique, soit au genre lyrique (soit aux deux). Il ne s'agit pas là d'un hasard. Tant l'autobiographie que la prose lyrique, dans la mesure où elles se veulent des entreprises de consolidation de soi, procèdent, de façon presque nécessaire, d'un repli du sujet sur l'espace intérieur d'une solitude à partir de laquelle il lui devient loisible de reconnaître ou de déplier sa profondeur.

I. ROUSSEAU

On se souvient de la phrase introductive de la « Première Promenade » : « Me voici donc seul sur la terre, n'ayant plus de frère, de prochain, d'ami, de société que moi-même.[1] » L'ampleur de la solitude avouée, soulignée par la dispostion en chiasme de la phrase (« me... moi-même »), semble affirmer à la fois le mal et son remède. Aux quatre privations relationnelles, énumérées dans un ordre affectif décroissant, fait pièce le seul « moi-même » final qui leur sert désormais de substitut. D'emblée s'ouvre de moi à moi l'espace d'une restriction à valeur réparatrice : laissé, réduit à sa solitude, Jean-Jacques se fait le tenant-lieu de ses interlocuteurs perdus.

Ce nouvel état, Rousseau nous demande de le considérer comme le résultat d'une rupture, cette

1. Rousseau, *Œuvres complètes,* Paris, Bibliothèque de la Pléiade, 1959, t. I, p. 995.

solitude comme l'effet d'une proscription : « Le plus sociable et le plus aimant des humains en a été proscrit par un accord unanime. Ils ont cherché dans les raffinements de leur haine quel tourment pouvait être le plus cruel à mon âme sensible, et ils ont brisé violemment tous les liens qui m'attachaient à eux.[2] » Rien de plus clair ici que le mouvement de disculpation. Au double superlatif absolu et positif désignant le locuteur qu'est Jean-Jacques répondent l'unanimité et l'anonymat des humains dont la brutalité (haine, cruauté) s'oppose à la fois à la sociabilité, à l'amabilité et à la sensibilité d'un moi qui voit ainsi brisés, quelque dépit qu'il en ait, les liens qui le rattachaient à eux. Cette passivité involontaire, qui indexe aussi bien l'innocence que l'humanité de Rousseau (*cf.* « J'aurais aimé les hommes en dépit d'eux-mêmes. Ils n'ont pu qu'en cessant de l'être se dérober à mon affection »[3]), ne tarde pas toutefois à se retourner en retranchement actif. Si elle est la marque des difficultés réelles, historiques, dont il put se sentir la victime, elle constitue aussi bien le fond d'une dialectique qui va permettre au moi de reprendre l'initiative en transformant une attitude subie en activité. Au sentiment d'exclusion répond le détachement : « Les hommes auraient beau revenir à moi, ils ne me retrouveraient plus. Avec le dédain qu'ils m'ont

2. *Ibid.*
3. *Ibid.*

inspiré leur commerce me serait insipide et même à charge, et je suis cent fois plus heureux dans ma solitude que je ne pourrais l'être en vivant avec eux.[4] » Ce dédain d'autrui prépare, en vérité, un renversement. La solitude, qui se comprend comme une soustraction à la prise douloureuse des autres, s'accompagne d'un dépouillement qui lui donne tout son sens. Abandonnant les autres qui l'ont abandonné, Jean-Jacques renonce du même coup au « monde » et remplace celui-ci par l'espace intérieur de son propre moi : « Tout ce qui m'est extérieur m'est étranger désormais. Je n'ai plus en ce monde ni prochain, ni semblables, ni frères. Je suis sur la terre comme dans une planète étrangère où je serais tombé de celle que j'habitais. Si je reconnais autour de moi quelque chose ce ne sont que des objets affligeants et déchirants pour mon cœur, et je ne peux jeter les yeux sur ce qui me touche et m'entoure sans y trouver toujours quelque sujet de dédain qui m'indigne ou de douleur qui m'afflige. Écartons donc de mon esprit tous les pénibles objets dont je m'occuperais aussi douloureusement qu'inutilement. Seul pour le reste de ma vie, puisque je ne trouve qu'en moi la consolation, l'espérance et la paix, je ne dois ni ne veux plus m'occuper que de moi.[5] » Ce qu'il y a de remarquable dans cette élection du moi comme

4. *Ibid.*, p. 998.
5. *Ibid.*, p. 999.

interlocuteur unique de lui-même, c'est qu'elle se double en effet d'une substitution de la réalité intérieure, subjective, à l'espace extérieur décrété, sans nuances, objet d'affliction. Non seulement Jean-Jacques se retrouve seul avec lui-même, mais il se retrouve aussi avec lui-même comme seule réalité. Or cette manœuvre de retrait n'est pas pour autant une perte, au sens où on pourrait le dire d'un désinvestissement psychotique dont elle semble pourtant décrire le mécanisme. Elle est plutôt une opération d'équilibrage, destinée à permettre le filtrage d'une réalité dont la charge affective demande à être maîtrisée. Car au fond de ce moi qui s'est substitué au monde, il y a le monde encore ou du moins ce que Jean-Jacques choisit d'en retenir, mais un monde à la disposition du moi, cette fois, et non plus le menaçant, un monde que la rêverie ordonnera selon le charme de la contemplation ou du souvenir. On peut donc dire que le choix de la solitude, opéré sur le fond d'un sentiment de persécution universelle, désaliène le moi de son emprisonnement paranoïaque en le proposant à sa propre société et en transformant celle-ci en lieu imaginaire (rétrospectif) d'un mode de relations idéales à autrui selon l'image qu'il se fait de sa vraie valeur : « J'oublierai mes malheurs, mes persécuteurs, mes opprobres, en songeant au prix qu'avait mérité mon cœur.[6] »

6. *Ibid.*, pp. 999-1000.

Quoi que Rousseau affirme, la fonction de réparation sociale qui est assignée à l'écriture dès la « Première Promenade » est évidente. Loin d'être un « informe journal », les dix rêveries forment bel et bien un plaidoyer. Au lieu de se renoncer, la solitude bascule en position de reconquête. Pour ce faire, elle a besoin toutefois d'une assise ou, pour reprendre le terme de Rousseau, d'une « assiette » qui lui donne une assurance sans laquelle il ne saurait être question de pouvoir faire front. Autrement dit, s'il y a bien dans le texte une stratégie de la disculpation qui n'a de sens que pour le public des lecteurs ou, si l'on préfère, que pour l'Autre avec lequel Jean-Jacques reste aux prises, les *Rêveries* ont peut-être un objet encore plus immédiat qui est de rétablir pour lui-même l'intégrité narcissique du moi qui s'y dévoile.

Ce rétablissement va s'opérer pour l'essentiel selon deux modes dont l'un n'est peut-être d'ailleurs que l'envers de l'autre. Le premier mode est celui de l'écriture. Reprendre la plume, au moment de la « Première Promenade », c'est fixer, précisément, la sociabilité du moi pour lui-même, c'est déployer l'espace privilégié et protégé où l'identité de Jean-Jacques pourra s'affirmer et se redéfinir sans péril : « Livrons-nous tout entier à la douceur de converser avec mon âme puisqu'elle est la seule que les hommes ne puissent m'ôter.[7] » Cette conversation

7. *Ibid.*, p. 999.

entre soi et soi adopte parfois la forme de la remémoration, ce qui assure à la fois le jeu de la différence et de la permanence du sujet et permet le rappel d'une époque ou tout au moins d'un moment antérieur (ou soustrait au temps de la douleur), mais elle suit tout aussi volontiers les fluctuations de ce qu'on pourrait nommer la météorologie intérieure de Jean-Jacques, c'est-à-dire le flux alterné des pensées, des sentiments et des humeurs qui le traversent et qu'il incombe à l'écriture de laisser affleurer dans toute leur bigarrure[8], de manière à rétablir dans la solitude la diversité que peut offrir l'existence en société tout en entretenant dans l'âme un mouvement sans lequel la contemplation risquerait de se figer. Rousseau, dans une description célèbre de la « Cinquième Promenade », fournira une image pour ainsi dire extériorisée, retrouvée dans le tête-à-tête avec le réel, de ce dialogue :

Quand le soir approchait je descendais des cimes de l'île et j'allais volontiers m'asseoir au bord du lac sur la grève dans quelque asile caché ; là le bruit des vagues et l'agitation de l'eau fixant mes sens et chassant de mon âme toute autre agitation la plongeaient dans une rêverie délicieuse où la nuit me surprenait souvent sans que je m'en fusse aperçu.

---

8. Il s'agit là, au reste, d'un projet déjà ancien chez Rousseau puisqu'on le trouve développé dans le préambule aux *Confessions* du manuscrit de Neuchâtel.

Le flux et le reflux de cette eau, son bruit continu mais renflé par intervalles frappant sans relâche mon oreille et mes yeux suppléaient aux mouvements internes que la rêverie éteignait en moi et suffisaient pour me faire sentir avec plaisir mon existence, sans prendre la peine de penser[9].

Ce qu'on voit ici se dessiner en filigrane de la rêverie appartient en fait à un tout autre ordre d'ambition. Derrière le charme du mouvement et de sa douceur se devine l'aspiration à un repos plus stable. Derrière le plaisir de ce moment au rythme presque magique se profile l'image d'une coïncidence à soi dont la solitude n'est plus que la condition, et dont la visée est bien plutôt une autonomie, une autarcie du sentiment de l'existence, propre non seulement à rendre le moi à lui-même, mais aussi à l'arracher à la dépendance de qui que ce soit. À la page suivante, Rousseau poursuit ainsi :

Mais s'il est un état où l'âme trouve une assiette assez solide pour s'y reposer tout entière et rassembler là tout son être, sans avoir besoin de rappeler le passé ni d'enjamber sur l'avenir ; où le temps ne soit rien pour elle, où le présent dure toujours sans néanmoins marquer sa durée et sans aucune trace de succession, sans aucun autre sentiment de pri-

9. *Ibid.*, p. 1045.

vation ni de jouissance, de plaisir ni de peine, de désir ni de crainte que celui seul de notre existence, et que ce sentiment seul puisse la remplir tout entière, tant que cet état dure celui qui s'y trouve peut s'appeler heureux, non d'un bonheur imparfait, pauvre et relatif tel que celui qu'on trouve dans les plaisirs de la vie mais d'un bonheur suffisant, parfait et plein qui ne laisse dans l'âme aucun vide qu'elle sente le besoin de remplir [10].

On se tromperait à ne voir dans cet état que la description d'un désir momentané d'isolement, consécutif au harcèlement de la persécution. L'ataraxie décrite ici accomplit, en vérité, le vœu profond qui habitait dès l'origine le choix de la solitude. Et ce vœu ne s'élève à rien de moins qu'à vouloir être Dieu : « De quoi jouit-on dans une pareille situation ? De rien d'extérieur à soi, de rien sinon de soi-même et de sa propre existence, tant que cet état dure on se suffit à soi-même comme Dieu.[11] » Comment lire cette dernière comparaison ? Comme la crispation d'un être traqué qui cherche sa liberté dans l'autosuffisance ? Un passage de la « Première Promenade » semblait faire signe en ce sens : « Tout est fini pour moi sur la terre. On ne peut plus m'y faire ni bien ni mal. Il ne me reste plus rien à espérer ni à craindre en ce monde, et m'y

10. *Ibid.*, p. 1046.
11. *Ibid.*, p. 1047.

voilà tranquille au fond de l'abîme, pauvre mortel infortuné, mais impassible comme Dieu même.[12] » L'autocomparaison à Dieu aurait pour sens d'affirmer (et, en affirmant, de réaliser fantasmatiquement) l'indépendance du moi par rapport à ses ennemis autant que par rapport à sa douleur. Être (comme) Dieu serait moins une marque de grandeur que la revendication légitime d'une autarcie dans laquelle se lirait l'humanité profonde de Jean-Jacques. Il ne fait pas de doute que telle est l'intention *consciente* du texte. Reste que la dimension mégalomaniaque de cette revendication est indéniable, et qu'il existe bien une tendance à l'autodéification sensible dès le début. Cette tendance s'organise selon au moins deux axes. Le premier consiste à suggérer l'équivalence du moi au Christ ou, si l'on préfère, de Jean-Jacques au Persécuté. Les termes dans lesquels Rousseau rapporte la défiguration injurieuse que son image lui semble avoir subie dans la société tendent en effet à le représenter dans la position de Jésus au moment de son arrestation : « Pouvais-je dans mon bon sens supposer qu'un jour, moi le même homme que j'étais, le même homme que je suis, je passerais, je serais tenu sans le moindre doute pour un monstre, un empoisonneur, un assassin, que je deviendrais l'horreur de la race humaine, le jouet de la racaille, que toute la salutation que me feraient les passants serait de

12. *Ibid.*, p. 999.

cracher sur moi, qu'une génération tout entière s'amuserait d'un accord unanime à m'enterrer tout vivant.[13] » À prendre cette dernière expression pour la variante rousseauiste de la Crucifixion, on remarquera aussi comment le caractère hyperbolique de la phrase place Jean-Jacques dans le même genre de situation de réprouvé et de victime bafouée que décrivent les Évangiles (*cf.* en particulier Matthieu XXVII, 28-30 et Marc XV, 17-20) ; les passants crachent sur lui en guise de salutation comme les soldats crachaient sur Jésus dans un geste de dérision et d'exorcisation qui se répète à l'endroit de Rousseau. Au reste, l'équivalence suggérée avec le Christ ne se limite pas à son aspect de victime, puisqu'à la page suivante Jean-Jacques s'attribue la triple vertu qu'on réserve, d'habitude, au Rédempteur : « Seul pour le reste de ma vie, puisque je ne trouve qu'en moi la consolation, l'espérance et la paix, je ne dois ni ne veux plus m'occuper que de moi.[14] »

L'autre axe de l'autodéification passe par une utilisation subtile du terme qui nous sert de fil conducteur, l'épithète « seul ». « Seul » veut dire d'abord *solitaire*, bien sûr, et c'est ainsi qu'il est employé le plus souvent. Mais Rousseau l'adopte aussi volontiers sous une forme substantivée dans le sens d'*unique*. L'ouverture de la « Cinquième

13. *Ibid.*, pp. 995-996.
14. Nous soulignons.

Promenade » en fournit un excellent exemple. Parlant du bonheur qu'on peut éprouver à se circonscrire, le premier paragraphe se termine ainsi : « Car quoique je sois peut-être le seul être au monde à qui sa destinée en ait fait une loi, je ne puis croire être le seul qui ait un goût si naturel, quoique je ne l'aie trouvé jusqu'ici chez nul autre.[15] » L'évidence de la contradiction saute aux yeux. Jean-Jacques est tout ensemble contraint par sa « destinée » à aimer se circonscrire et le seul à témoigner de ce goût bien que celui-ci soit « si naturel », c'est-à-dire si révélateur de la nature humaine. À suivre la logique de ce texte, on en arrive ainsi sans difficulté à l'idée que Jean-Jacques est le seul homme véritable. Au reste, il ne s'agit pas là d'une pensée surprenante sous la plume de Rousseau. Le billet liminaire des *Confessions* n'avait-il pas déjà annoncé, dix ans plus tôt : « Voici le seul portrait d'homme, peint exactement d'après nature et dans toute sa vérité, qui existe et qui probablement existera jamais »[16] ? Et la première page du Livre I, imaginant un tribunal fictif convoqué par le « souverain juge », ne s'achevait-elle pas sur une autodisculpation qui exceptait Jean-Jacques de l'ensemble de l'humanité pour le rendre meilleur que n'importe lequel de ses semblables ?

Il n'en va pas autrement pour le « sentiment de

15. *Ibid.*, p. 1040.
16. *Ibid.*, p. 3.

l'existence » que nous avons évoqué. Sitôt après en avoir posé la qualité presque divine, Rousseau s'empresse à nouveau d'ajouter non seulement que la plupart des hommes, agités et pressés comme ils le sont, sont incapables d'en apprécier le charme, mais encore qu'« il ne serait pas même bon dans la présente constitution des choses qu'avides de ces douces extases ils s'y dégoûtassent de la vie active »[17], avant de conclure qu'au contraire un « infortuné » peut y trouver le dédommagement à toutes les misères qui lui viennent des hommes. Ici encore le « seul » de cette solitude contrainte où l'on a « retranché », Rousseau se révèle comme l'envers du « seul » être, de l'être unique qui sache, à force d'humanité, reconnaître la vraie félicité.

II. BAUDELAIRE

Ce qui frappe d'emblée quand on passe des *Rêveries* au *Spleen de Paris*, que Baudelaire avait d'abord eu l'idée d'intituler « Le Promeneur solitaire » en référence directe à Rousseau, c'est la différence de finalité qui y affecte le statut de l'écriture et, par contrecoup, celui de la subjectivité. Chez Rousseau, l'écriture tend à s'effacer derrière la « transparence »[18] du souvenir ou de la rêverie

17. *Ibid.*, p. 1047.
18. Le terme est emprunté, bien sûr, au livre de Jean Starobinski, *Jean-Jacques Rousseau, la transparence et l'obstacle,* Paris, Gallimard, 1971.

qu'elle est censée rappeler, pour un moi qui ne trouve en elle qu'un lieu de rassemblement, que l'occasion de rétablir avec soi-même une communication qu'il voudrait immédiate. L'examen intérieur dont les *Rêveries* sont l'occasion ne diffère guère en somme de l'activité d'herborisateur dont Jean-Jacques avoue avoir fait son occupation de prédilection : herbier de la vie mentale ou affective, le recueil des promenades consignera les fleurs spirituelles de Rousseau de manière à lui fournir le témoignage réconfortant de son identité idéale. Si la rhétorique de l'accusé plaidant sa disculpation ne cesse d'orienter ces pages, celles-ci sont libres toutefois de toute pose d'écrivain, ce qui ne les rend que plus émouvantes encore. Il suffit de voir par exemple avec quelle véhémence Rousseau, dans la « Septième Promenade », dénigre l'activité du minéralogiste fouillant « les entrailles de la terre » et cherchant « au risque de sa vie et aux dépens de sa santé des biens imaginaires à la place des biens réels qu'elle lui offrait d'elle-même », activité dans laquelle il n'est pas difficile de déchiffrer une figuration accusatrice du métier d'écrivain, pour comprendre combien peu l'auteur des *Confessions* investit comme tel le statut d'auteur.

Il en va bien autrement dans *Le Spleen de Paris*. Ici, le narrateur se donne de manière explicite pour ce qu'il est : un écrivain cherchant dans le langage non plus la seule transparence d'une coïncidence à soi, mais la révélation d'une forme fixant dans ses lignes l'énigme tantôt dénouée, tantôt maintenue, d'un rapport conflictuel avec la réalité.

Dès lors, la question de la solitude prend une autre forme. S'il se manifeste régulièrement comme tel, le *je* baudelairien s'affirme de façon privilégiée par le truchement des figures qu'il met en scène ou dont il déchiffre l'apparition mystérieuse, auxquelles il s'identifie ou dont il se détache, mais par rapport auxquelles, en tous les cas, il manifeste une distance qui seule permet à la réalité évoquée de revêtir le sens poétique ou allégorique qui est le sien... Aussi bien, à la différence de Rousseau qui parlait en son nom propre, Baudelaire va-t-il faire surgir une série de *figures solitaires* dans lesquelles il n'est pas difficile toutefois de reconnaître autant de correspondants de lui-même.

Non pas, à vrai dire, que le *je* répugne tout à fait à s'avouer dans sa solitude ou même à réclamer celle-ci. Ainsi, par exemple, dans « À une heure du matin », l'écrivain intervient-il à la première personne pour exprimer son soulagement de se retrouver enfin seul, délivré de ce qu'il nomme la « tyrannie de la face humaine ». Le sens de ce soulagement est clair : il s'agit pour le moi de se soustraire à l'emprise d'une réalité aliénante en ce qu'elle blesse son désir d'idéal ou surtout son image de lui-même, dont elle ne serait qu'un miroir dégradé. Tyrannique, la face humaine d'autrui le devient dès qu'elle s'accompagne d'un pouvoir exercé sur le moi qui, du coup, recherchera la solitude comme un refuge. Être seul ici consistera à rétablir une intégrité narcissique menacée par la présence trop intrusive d'un quotidien marqué par l'épaisseur banalisante de sa matérialité. Une intrusivité qui risquerait, sinon, d'emporter le moi en l'aliénant à ses propres yeux. Il est significatif à cet égard qu'après avoir fermé à double tour la serrure pour « augmenter [s]a solitude » et récapitulé les différentes épreuves qu'auront constituées ses rencontres avec autrui, le *je* s'adresse à son Dieu pour lui demander « la grâce de produire quelques beaux vers qui [lui] prouvent à [lui]-même qu'[il n'est] pas le dernier des hommes, qu'[il n'est] pas inférieur à ceux qu'[il] méprise ![19] » Le danger est bien, comme on le voit, de se laisser atteindre par la contagion délétère d'une réalité qui mettrait Baudelaire sur le même plan méprisable que ceux dont l'orgueil de sa vocation de poète le pousse à se détacher.

Le plus souvent, toutefois, l'élection de la solitude se fait par le biais d'un truchement. Une fois l'équilibre narcissique rétabli, le *je* se porte de lui-même à la rencontre de figures solitaires vis-à-vis desquelles il se retrouvera, et c'est essentiel, en position dominante. De tyrannique, la face humaine

---

19. Baudelaire, *Œuvres complètes,* Paris, Bibliothèque de la Pléiade, 1975, t. I, p. 288.

devient maîtrisée ; d'aliénant, autrui devient prétexte à une expansion du moi.

Une profonde ambiguïté affecte, en vérité, cette position dominante du sujet. À en croire Baudelaire, la capacité projective du poète par rapport à autrui constituerait un privilège témoignant de sa dimension humaine supérieure :

> *Multitude, solitude : termes égaux et convertibles pour le poète actif et fécond. Qui ne sait pas peupler sa solitude, ne sait pas non plus être seul dans une foule affairée.*
>
> *Le poète jouit de cet incomparable privilège, qu'il peut à sa guise être lui-même et autrui. Comme ces âmes errantes qui cherchent un corps, il entre, quand il veut, dans le personnage de chacun. Pour lui seul, tout est vacant ; et si de certaines places paraissent lui être fermées, c'est qu'à ses yeux elles ne valent pas la peine d'être visitées.*
>
> *Le promeneur solitaire et pensif tire une singulière ivresse de cette universelle communion. Celui-là qui épouse facilement la foule connaît des jouissances fiévreuses dont seront éternellement privés l'égoïste, fermé comme un coffre, et le paresseux, interné comme un mollusque. Il adopte comme siennes toutes les professions, toutes les joies et toutes les misères que la circonstance lui présente*[20].

20. *Ibid.*, p. 291.

Retenons la formule : « être lui-même et autrui » définirait, pour le « promeneur solitaire » qu'est l'écrivain, le privilège incomparable d'une multiplication de soi-même dans laquelle il faudrait voir la marque du génie. Lui-même dans sa solitude, autrui dans l'élan projectif de son désir, le *je* goûterait à un pouvoir de communion dont la supériorité morale ne ferait aucun doute. Et Baudelaire va même plus loin, qui ajoute dans le paragraphe qui suit : « Ce que les hommes nomment amour est bien petit, bien restreint et bien faible, comparé à cette ineffable orgie, à cette sainte prostitution de l'âme qui se donne tout entière, poésie et charité, à l'imprévu qui se montre, à l'inconnu qui passe.[21] »

La capacité de métamorphose ou de sympathie du poète témoignerait, si l'on en croit le texte, d'une « sainteté » ou tout au moins d'une disposition à l'amour. L'essence du *je* poétique se révélerait comme un « être-avec », un *Mit-sein* ; son âme, déchirant le cocon de la solitude, se transfigurerait en « autre » pour témoigner de la dimension proprement paulinienne de son amour du prochain ou de la réalité — bref, le poète, réalisant l'Idéal révélé par les *Journaux intimes*, ne ferait qu'un avec le saint.

Il va de soi qu'une conception aussi ennoblissante de la fonction poétique ne peut être que suspecte. Même s'il est vrai que l'âme de Baudelaire a su se

21. *Ibid.*

donner, « poésie et charité, à l'imprévu qui se montre, à l'inconnu qui passe », pour quelques-unes des plus belles réussites des *Fleurs du Mal* ou du *Spleen de Paris*, il reste que la compassion dont ces textes font preuve est tout autre chose qu'une pure *agapè*. À commencer par l'orgueil méprisant qui agence cette description de la supériorité du poète, l'amour dont celui-ci se montrerait capable, à la différence de l'égoïste ou du paresseux, reste en vérité de l'ordre d'une maîtrise. L'ivresse qu'il goûte n'est pas le fruit d'une disponibilité universelle à l'endroit d'autrui, mais une utilisation, une exploitation de ce dernier. Ce n'est que « quand il veut » que le poète « entre... dans le personnage d'autrui », sa « prostitution », pour être « sainte », n'en reste pas moins de l'ordre d'une condescendance. Comme le disent des fragments divers des *Journaux intimes*, si « l'amour, c'est le goût de la prostitution »[22], c'est-à-dire « le besoin de sortir de soi »[23], « Mon cœur mis à nu » précise bien que « l'artiste ne sort jamais de lui-même »[24]. Bien loin d'être le point de départ d'une âme toute vouée aux noces avec autrui, la solitude se révèle un port d'attache du soi dont il s'agit de défendre l'intégrité.

Sans doute, nous l'avons déjà dit, l'élection de la figure du solitaire se fait-elle souvent sous le signe

22. *Ibid.,* p. 649.
23. *Ibid.,* p. 692.
24. *Ibid.,* p. 702.

indéniable de la sympathie ou plus exactement encore de l'identification sympathisante. Ainsi dans « Le Vieux Saltimbanque », la description de cette « ruine d'homme », « voûté, caduc, décrépit » qu'est le saltimbanque, isolé au milieu du tintamarre joyeux de la fête foraine, provoque-t-elle chez le poète une réaction physiquc de solidarité : « Je sentis ma gorge serrée par la main terrible de l'hystérie et il me sembla que mes regards étaient offusqués par ces larmes rebelles qui ne veulent pas tomber.[25] » Davantage même, la réflexion qui suit la description de la fête aboutit-elle explicitement à faire du saltimbanque un double identificatoire, bien que dégradé, de l'auteur : « ... je me dis : je viens de voir l'image du vieil homme de lettres qui a survécu à la génération dont il fut le brillant amuseur ; du vieux poète sans amis, sans famille, sans enfants, dégradé par sa misère et par l'ingratitude publique, et dans la baraque de qui le monde oublieux ne veut plus entrer ![26] » Mais, en même temps, la sympathie que Baudelaire témoigne à son double s'arrange pour l'en garder sauf. Le sujet qui décrit la fête sur le fond de laquelle se détachera la figure du vieillard reste séparé de son objet par la distance sécurisante du promeneur qui peut tout ensemble jouir du spectacle et le quitter à loisir. Baudelaire choisit en d'autres termes de s'attarder

25. *Ibid.,* p. 296.
26. *Ibid.,* p. 297.

sur une figure dans la solitude de laquelle il reconnaît l'un de ses destins possibles, mais sans pour autant se confondre avec elle ou s'attacher à elle — comme si le récit qu'il donnait de sa vue était destiné, aussi bien, à l'en prémunir. L'espace introduit dans l'écriture par la réflexion enlève simultanément le *je* de la scène sur laquelle il côtoyait le saltimbanque pour le transporter sur le théâtre supérieur de l'art où l'ironie veille à maintenir distincts l'ordre de l'expérience et celui de la poésie.

Il en va de même dans un autre texte, peut-être plus explicite encore, nommé « Les Veuves ». Ici, par deux fois, le *je* s'attache à décrire des solitudes pour lesquelles il éprouve, c'est évident, une sympathie qu'il n'hésite pas à déclarer. Qu'il s'agisse de la « vieille affligée [...] condamnée, par une absolue solitude, à des habitudes de vieux célibataire », qu'il suit au cabinet de lecture puis, « sous un ciel d'automne charmant, un de ces ciels d'où descendent en foule les regrets et les souvenirs », dans un jardin public où elle s'assied à l'écart pour écouter une fanfare de régiment ; ou qu'il s'agisse de la « femme grande, majestueuse et si noble dans tout son air, [dont] un parfum de haute vertu éman[e] de toute [l]a personne », le rapport de Baudelaire à ces femmes est empreint d'un respect ainsi que d'une compassion indubitables. Et pourtant cet élan de solidarité, qui opère sur le fond d'une reconnaissance qu'on imaginerait sans difficulté mutuelle, ne laisse pas de procéder en même temps d'une attitude qu'il ne serait pas exagéré de qualifier de « prédatrice ». Après avoir évoqué les allées des jardins publics, qualifiés de « rendez-vous des éclopés de la vie », et en guise de préambule à l'évocation des deux figures susmentionnées, Baudelaire note en effet que « c'est surtout vers ces lieux que le poète et le philosophe aiment diriger *leurs avides conjectures* », et qu'« il y a là une pâture certaine »[28]. Plus loin dans le texte, il relèvera de même que « c'est toujours chose intéressante que ce reflet de la joie du riche au fond de l'œil du pauvre »[29].

Il s'en faut que de telles notations soient isolées. La fascination que Baudelaire éprouve pour les victimes solitaires de la vie de Paris va curieusement de pair avec une sorte d'indifférence, qui constitue, semble-t-il, la condition indispensable à leur évocation dans l'œuvre. Proust avait bien senti cela : « Et cruel, il [= Baudelaire] l'est dans sa poésie, cruel avec infiniment de sensibilité, d'autant plus étonnant dans sa dureté que les souffrances qu'il raille, qu'il présente avec cette impassibilité, on sent

28. C'est nous qui soulignons.
29. *Ibid.*, p. 292.

qu'il les a ressenties jusqu'au fond de ses nerfs.[30] » Sur la scène parisienne, le *je* baudelairien, caché au détour de quelque maison comme un héros de Balzac, observe le spectacle dans une position de « guetteur » :

Dans les plis sinueux des vieilles capitales,
Où tout, même l'horreur, tourne aux enchantements,
Je guette, obéissant à mes humeurs fatales,
Des êtres singuliers, décrépits et charmants[31].

Et quand, au terme de la longue et admirable description qu'il a donnée de leur décrépitude, il semble se rapprocher de ces petites vieilles dans un élan de paternité propre, croirait-on, à rompre leur solitude, c'est encore pour « surveiller » leurs pas et pour goûter « à leur insu » le triomphe d'une distance préservatrice :

Mais moi, moi qui de loin tendrement vous surveille,
L'œil inquiet, fixé sur vos pas incertains,
Tout comme si j'étais votre père, ô merveille !
Je goûte à votre insu des plaisirs clandestins[32].

30. Proust, *Contre Sainte-Beuve,* Paris, Bibliothèque de la Pléiade, 1971, p. 250.
31. « Les Petites Vieilles », v. 1-4.
32. *Ibid.,* v. 73-76.

« Une ombre d'adhésion, en fait le vice suprême. Là où le fils aurait dû agir, accomplissant le miracle, l'artiste vient, père désiroire »[33], commente Yves Bonnefoy qui parle aussi, à ce propos, de non-nubilité de l'âme. Comment ne pas voir, du moins, l'ambivalence si manifeste d'un tel rapport ?

III. RIMBAUD

Chez Rousseau comme chez Baudelaire, la solitude se dévoile en fin de compte comme un retranchement destiné à fortifier l'assise du moi : soit que celui-ci se prenne à rêver d'une autonomie qui lui assurerait une indépendance quasi divine, soit au contraire que sa confrontation avec les figures des doubles qu'il élit dans la réalité urbaine aboutisse au triomphe de son orgueilleuse supériorité d'artiste. Dans un cas comme dans l'autre, être seul équivaut à être soi. L'identité subjective trouve dans la solitude un milieu d'autant plus propice à son épanouissement qu'il écarte, ou du moins qu'il tient à distance, la part de la réalité qui, sinon, menace d'aliéner cette identité. Quelle que soit la souffrance de l'existence qu'ils rapportent par ailleurs, on peut donc dire que le moi de Rousseau, comme celui de Baudelaire, connaissent des formes de solitude

33. Yves Bonnefoy, *Le Nuage rouge,* Paris, Mercure de France, 1977, p. 45.

heureuse. Livrés à leur propre compagnie, ils trouvent sans peine dans celle-ci l'aliment nécessaire à un entretien propre à la fois à leur équilibre et à l'écriture : « Réduit à moi seul, je me nourris, il est vrai, de ma propre substance, mais elle ne s'épuise pas et je me suffis à moi-même », affirme l'un ; « Je demande qu'[on] ne décrète pas d'accusation contre les amoureux de la solitude et du mystère », revendique l'autre. Tous deux se rejoignent dans l'apaisement qu'ils demandent à ces retrouvailles avec soi.

Il n'en va pas de même avec Rimbaud. Chez ce dernier, en effet, la solitude n'est pas, la solitude ne peut pas être un *thème*. Elle est, comme nous voudrions le montrer, une donnée existentielle qui affecte moins tel souci ou telle stratégie du moi qu'elle ne détermine son rapport même à soi. Élire la solitude, comme le faisaient Rousseau ou Baudelaire, présuppose l'intuition d'une coïncidence à soi destinée à y trouver son lieu de recueillement. Même réduite à la tautologie hégélienne du *je = je* (laquelle, comme Jean Starobinski l'a montré[34], constitue une critique de la « belle âme » solitaire décrite dans la « Cinquième Promenade »), même douloureuse, la subjectivité pré-rimbaldienne ne peut que faire l'expérience satisfaisante de son identité en faisant l'expérience de la solitude.

Or c'est précisément cela qui change avec Rim-

34. Starobinski, *loc. cit.*, p. 310.

baud, la raison du changement étant directement liée à la question de la subjectivité. Pour Rimbaud, en effet, cette question est devenue primordiale dans la mesure où chez lui, c'est l'identité même de la tautologie qui se voit brisée. Avant même de se ramifier en mille conséquences poétiques, la formule célèbre du « *JE* est un autre » signale cette expérience de la rupture intérieure qui, d'un coup, aliène le moi à lui-même et lui ouvre l'espace d'une solitude bien autrement redoutable. À sa manière, *Une saison en enfer* — telle est du moins la lecture que nous voudrions en proposer — est le récit de cette expérience ou, si l'on préfère, de cette aliénation.

Au départ de ce « livre nègre », incontestablement, l'expérience d'un éclatement. Même s'il s'agit de provoquer le lecteur, même si l'intention parodique est évidente, l'approfondissement temporel que Rimbaud donne, dès « Mauvais Sang », au souvenir a pour effet premier de disloquer la stabilité et les contours de l'identité même de celui qui parle :

Je me rappelle l'histoire de la France fille aînée de l'Église. J'aurais fait, manant, le voyage de terre sainte ; j'ai dans la tête des routes dans les plaines souabes, des vues de Byzance, des remparts de Solyme ; le culte de Marie, l'attendrissement sur le crucifié s'éveillent en moi parmi mille féeries profanes. — Je suis assis, lépreux, sur les pots cassés et les orties, au pied d'un mur rongé par le soleil. — Plus tard, reître, j'aurais bivaqué sous les nuits d'Allemagne.

Ah ! encore : je danse le sabbat dans une rouge clairière, avec des vieilles et des enfants.

Je ne me souviens pas plus loin que cette terre-ci et le christianisme. Je n'en finirais pas de me revoir dans ce passé. Mais toujours seul ; sans famille ; même, quelle langue parlais-je ? Je ne me vois jamais dans les conseils du Christ ; ni dans les conseils des Seigneurs, représentants du Christ.

Qu'étais-je au siècle dernier : je ne me retrouve qu'aujourd'hui[35].

La pseudo-remémoration que constituent ces lignes (où le conditionnel de l'irréel voisine pêle-mêle avec l'indicatif) découvre simultanément la multiplicité des figures antérieures du *je* et la permanence de la solitude : « Je n'en finirais pas de me revoir dans ce passé. Mais toujours seul... » À la question du « Qui suis-je ? », implicitement postulée ici, le texte répond par une démultiplication tous azimuts qui, tout en rompant l'unité du *je*, l'exterritorialise, si l'on peut dire, en le projetant solitairement hors de lui-même comme hors de sa langue (« Quelle langue parlais-je ? »). Rien d'étonnant, dès lors, à ce que, désentravée des liens de la

35. Rimbaud, *Œuvres complètes,* Paris, Bibliothèque de la Pléiade, 1963, p. 221.

coïncidence à soi, la subjectivité rimbaldienne essaime dans les différentes directions qui se présentent à son imagination.

Ces directions peuvent toutefois être ressaisies selon un rythme alterné : un rythme d'élévation et un rythme de chute. L'élévation qualifie (métaphoriquement parfois) l'état euphorique d'un sujet qui, du coup, ne voit pratiquement plus de limites à ses pouvoirs :

Je vais dévoiler tous les mystères : mystères religieux ou naturels, mort, naissance, avenir, passé, cosmogonie, néant. Je suis maître en fantasmagories.

Écoutez !...

J'ai tous les talents ! — Il n'y a personne ici et il y a quelqu'un : je ne voudrais pas répandre mon trésor. — Veut-on des chants nègres, des danses de houris ? Veut-on que je disparaisse, que je plonge à la recherche de l'anneau ? Veut-on ? Je ferai de l'or, des remèdes[36].

Et ce qui vaut sur le plan de la réalité vaut aussi sur le plan du langage :

J'inventai la couleur des voyelles ! — A noir, E blanc, I rouge, O bleu, U vert. — Je réglai la forme et le mouvement de chaque consonne, et, avec des

36. *Ibid.*, p. 227.

rythmes instinctifs, je me flattai d'inventer un verbe poétique, accessible, un jour ou l'autre, à tous les sens. Je réservais la traduction[37].

De même, lorsqu'il récapitulera le sens de son entreprise, dans « Adieu », Rimbaud confessera-t-il le projet proprement démiurgique qui fut le sien et qui n'affectait pas moins son identité que l'identité des éléments du monde qu'il s'attachait à créer :

J'ai créé toutes les fêtes, tous les triomphes, tous les drames. J'ai essayé d'inventer de nouvelles fleurs, de nouveaux astres, de nouvelles chairs, de nouvelles langues. J'ai cru acquérir des pouvoirs surnaturels. [...]
Moi ! moi qui me suis dit mage ou ange[38]...

Toute l'énergie de la création poétique rimbaldienne semble résumée par ces phrases qui en redisent une dernière fois le projet. Cette ambition démiurgique a toutefois, comme nous le disions, un envers qui marque sa virtualité négative. À l'élévation correspond la chute ou, plus gravement encore, la dépersonnalisation : le *je* se retrouve alors non pas « un autre », mais autre pour lui-même, comme déchu de son identité ou tout au moins divisé, séparé de soi. Seul, il l'est non plus par

37. *Ibid.*, p. 233.
38. *Ibid.*, p. 243.

rapport aux autres, mais par rapport à lui-même, aliéné dans une non-intimité à soi qui laisse loin derrière elle toute forme d'isolement :

Sur les routes, par des nuits d'hiver, sans gîte, sans habits, sans pain, une voix étreignait mon cœur gelé : « Faiblesse ou force : te voilà, c'est la force. Tu ne sais ni où tu vas ni pourquoi tu vas, entre partout, réponds à tout. On ne te tuera pas plus que si tu étais cadavre. » Au matin j'avais le regard si perdu et la contenance si morte, que ceux que j'ai rencontrés ne m'ont peut-être pas vu[39].

Ou encore, dans « Adieu » :

Je me revois la peau rongée par la boue et la peste, des vers plein les cheveux et les aisselles et encore de plus gros vers dans le cœur, étendu parmi les inconnus sans âge, sans sentiment[40]...

La forme la plus curieuse, sinon la plus manifeste, de cette aliénation ou de cet « estrangement » à soi-même nous paraît toutefois se trouver encore ailleurs que dans ces passages où Rimbaud se revoit pour ainsi dire à deux avec son propre corps, et où la solitude l'accompagne comme une ombre mélancolique. Elle se situe dans la très étrange permuta-

39. *Ibid.*, p. 223.
40. *Ibid.*, p. 243.

tion qui organise la section de « Délires » intitulée « Vierge folle - L'époux infernal ». Dans ce texte où, depuis toujours, les commentateurs ont voulu reconnaître un discours prêté à Verlaine (la « vierge folle ») sur l'« époux infernal » qu'aurait été Rimbaud, on ne s'est pas assez avisé, nous semble-t-il, de l'extraordinaire « expropriation » de soi qui préside à l'organisation du discours. Car, même à supposer — ce qui est déjà une simplification outrancière — que la vierge soit Verlaine et l'époux Rimbaud, le fait que le texte s'articule comme une confession prononcée par l'autre au sujet du *je*, et que cette confession n'ait d'autre objet que de présenter ce *je* (l'époux) à la fois comme une créature infernale, double démoniaque du Christ, et surtout comme un être inaccessible à la compréhension de la vierge (représentante, en cela, de l'opinion commune), témoigne, tant dans la forme discursive que dans le message qu'elle véhicule, de l'absolue solitude d'un être qui échoue à se représenter autrement que par un dédoublement qui a valeur de mise en cause morale et ontologique de soi.

Sans doute, la fausse ingénuité de la vierge se dénonce-t-elle d'elle-même auprès du lecteur qui, du coup, rétablit une hiérarchie de valeurs où l'époux démoniaque perd quelque peu de son caractère infernal : la part si visible de provocation qui marque sa conduite se comprend dès lors sans peine comme, simplement, une exaspération devant les limites trop étroites d'une existence qui aurait renoncé à résoudre l'énigme morale et métaphysique de la vie. Mais ce qui reste inentamé dans ce renversement, c'est le statut d'étrangeté qui marque la position de l'époux. Là où la vierge se dit le plus indissolublement liée à celui-ci, là même se dévoile aussi sa plus grande solitude.

Aussi bien, le vœu par lequel s'achève la *Saison* prend-il un sens tout à fait précis. « Posséder la vérité dans une âme et un corps », c'est pour Rimbaud réaliser la réintégration de l'Autre en soi pour retrouver à la fois sa propre intimité et, de là, l'intimité possible des autres. Telle est la condition pour, « à l'aurore, armés d'une ardente patience, [entrer] aux splendides villes ». Que ce vœu n'ait pu se réaliser — si tant est que le Rimbaud africain ait possédé son âme dans son corps — qu'au prix du sacrifice de la poésie, traduit pourtant l'extraordinaire force créatrice autant qu'aliénante, disruptive autant que fondatrice à laquelle il aura fallu que le *je* rimbaldien, tout habité qu'il était par son ou par ses *autres*, renonce pour sortir de son isolement.

L'ÉCONOMIE DE LA HAINE

On connaît les termes par lesquels, dans sa grande lettre du 18 février 1866, Baudelaire avoue à Narcisse Ancelle, devenu avec les ans une sorte d'ami, le sens de son entreprise poétique : « Faut-il vous dire, à vous qui ne l'avez pas plus deviné que les autres, que dans ce livre atroce, j'ai mis tout mon cœur, toute ma tendresse, toute ma religion (travestie), toute ma haine ?[1] » « Livre *atroce* », certes, *Les Fleurs du Mal* ne le sont pas, ne le sont plus pour nous : le seul moyen que nous ayons pour comprendre l'épithète est de la référer à la souffrance que nous supposons avoir été à l'origine de tant de ses poèmes. Livre atroce à écrire, atroce pour Baudelaire, nous empressons-nous de comprendre, y trouvant une confirmation dans les termes qui font suite : ce cœur, cette tendresse, cette

1. Baudelaire, *Correspondance,* Paris, Bibliothèque de la Pléiade, 1973, t. II, p. 610.

religion, toute travestie qu'elle soit, ne sont-ils pas les garants d'une intériorité blessée dont *Les Fleurs du Mal* seraient l'expression pathétique et sublime ?

Sans doute, mais la *haine* ? Sublime, elle aussi ?

J'ai cherché dans les pages qui suivent à savoir ce qu'il en était à son propos. Si le cœur, la tendresse et la religion de Baudelaire ont fait l'objet de toutes les études que l'on sait, sa haine est demeurée moins bien perçue, comme si, par une pudeur de bon aloi, il s'était agi d'occulter, ou du moins d'éviter, ce qui pourrait altérer l'image idéale que nous avons tendance à nous faire de l'auteur. Or la haine n'est pas seulement une des raisons majeures de définir le recueil comme « atroce », elle y exerce aussi, ainsi que dans le reste de l'œuvre, une fonction tout à fait essentielle. Ce qui, après tout, ne devrait pas trop étonner dans un livre qui, on l'oublie trop vite, s'était lui-même placé sous le signe du « Mal ».

Récapitulant les diverses phases des effets psychiques provoqués par l'absorption de hachisch, Baudelaire, dans *Les Paradis artificiels*, note avec une certaine insistance que, dès leur début, les hallucinations éprouvées par le fumeur tendent à effacer la distance qui le sépare des objets qui l'entourent ou même à supprimer la distinction qui subsistait d'abord entre ces objets et lui. Porté par la puissance euphorisante de la drogue, le moi se découvre identique à ce qui lui fait face pour ne plus faire bientôt qu'un avec lui : « Vous êtes assis et vous fumez ; vous croyez être assis dans votre pipe, et c'est vous que votre pipe fume ; c'est vous qui vous exhalez sous la forme de nuages bleuâtres.[2] » Ou de façon plus générale : « ... la personnalité disparaît. L'objectivité qui fait certains poètes panthéistiques et les grands comédiens devient telle que vous vous confondez avec les êtres extérieurs.[3] » Loin d'être angoissante, cette perte ou plutôt cette dissolution effusive de soi se transforme peu à peu en un sentiment de bien-être, et surtout de maîtrise, quasi absolu : « C'est une béatitude calme et immobile. Tous les problèmes philosophiques sont résolus. Toutes les questions ardues contre lesquelles s'escriment les théologiens et qui font le désespoir de l'humanité raisonnante sont limpides et claires. Toute contradiction est devenue unité. L'homme est passé dieu.[4] » Parvenu à ce point de béatitude fusionnelle, le fumeur se sent envahi par « une bienveillance singulière appliquée même aux inconnus, une espèce de philanthropie plutôt faite de pitié que d'amour »[5]. Et Baudelaire de préciser que « la plénitude de sa vie [= la vie du fumeur] actuelle lui inspire un amour démesuré. Une voix

2. Baudelaire, *Œuvres complètes,* Paris, Bibliothèque de la Pléiade, 1975, t. I, p. 392.
3. *Ibid.,* p. 393.
4. *Ibid.,* p. 394.
5. *Ibid.,* pp. 433-434.

parle en lui (hélas ! c'est la sienne) qui lui dit : "Tu as maintenant le droit de te considérer comme supérieur à tous les hommes ; nul ne connaît et ne pourrait comprendre tout ce que tu penses et tout ce que tu sens ; ils seraient même incapables d'apprécier la bienveillance qu'ils t'inspirent. Tu es un roi que les passants méconnaissent, et qui vit dans la solitude de sa conviction ; mais que t'importe ? Ne possèdes-tu pas ce mépris souverain qui rend l'âme si bonne ?"[6] »

L'analyse de la trajectoire intérieure consécutive à l'absorption du hachisch met donc au jour un parcours qui va de la levée de toute opposition entre le monde et le moi à l'intronisation de celui-ci dans une position de souveraineté quasi parfaite, accompagnée d'un sentiment de bienveillance universelle qui se révèle, en vérité, si l'on en juge par la dernière phrase citée, l'expression d'un « mépris souverain ».

Cette double corrélation entre la position fusionnelle du moi et de la réalité et le sentiment de maîtrise, d'une part, et de la bienveillance et du mépris, d'autre part, peut nous servir de point de départ. L'état d'extase décrit dans ces pages, cet état où le temps semble s'être aboli, forme sans doute l'une des images les plus exactes de ce que la subjectivité baudelairienne se propose comme l'horizon de son désir ; mais par là même, il cons-

6. *Ibid.*, p. 435.

titue aussi l'un des tableaux les plus ressemblants de ce qu'elle n'est pas. Comme le raconte « La Chambre double », le rapport du moi baudelairien à la réalité est vécu, le plus souvent, sur le mode d'un « coup de pioche dans l'estomac ». À l'union bienheureuse avec le monde s'oppose, dans l'état de veille, le sentiment d'un divorce douloureux qui non seulement trouble la quiétude du moi, mais le menace encore dans son intégrité même. La mise en échec de la position de maîtrise, elle-même liée à l'état de séparation, a pour conséquence en effet de remettre en question, au-delà de sa tranquillité, l'*identité* même du moi. Face à l'hostilité du réel (ou à ce qu'il éprouve comme tel), celui-ci en vient à ne plus savoir qui il est, voire même s'il est. C'est ce que révèle un autre poème en prose, « Les Fenêtres », où, après avoir vanté le charme des fenêtres fermées qui forcent l'esprit du passant à imaginer ce qu'il ne peut voir, le *je* conclut en ces termes : « Peut-être me direz-vous : ''Es-tu sûr que cette légende soit la vraie ?'' Qu'importe ce que peut être la réalité placée hors de moi, si elle m'a aidé à vivre, à sentir que je suis et ce que je suis ?[7] »

C'est à ce point, me semble-t-il, que le phénomène de la haine entre en jeu. Car, si la superbe indifférence du locuteur des « Fenêtres » à l'endroit de la réalité s'accorde sans difficulté à la célébration de l'imaginaire dans une logique qui est en même

7. *Ibid.*, p. 339.

temps un programme poétique, le moi baudelairien ne trouve que rarement assez de ressources pour un pareil détachement. Confronté à la discordance entre sa rêverie ou son idéal et la réalité qui s'impose à lui, il réagit le plus souvent par une mise en cause ou une accusation de cette dernière dans une sorte d'économie de la haine. L'« horreur » consécutive au réveil provoqué par le « coup de pioche » entraîne alors l'incrimination du spectacle entrevu et surtout son *refus*, un refus d'autant plus motivé qu'il s'agit pour le sujet de se défendre contre la menace d'un sentiment d'asservissement, manifeste par exemple dans les images qui concluent tel poème en prose : « Oui ! le Temps règne ; il a repris sa brutale dictature. Et il me pousse, comme si j'étais un bœuf, avec son double aiguillon. "Et hue donc ! bourrique ! Sue donc, esclave ! Vis donc, damné !"[8] »

Aussi bien, la haine qui naît de ce refus a-t-elle d'abord le sens d'une mise à distance. À la passivité d'une attitude accablée ou fascinée par la proximité du danger, elle permet de substituer la sérénité d'un retranchement actif qui a pour fonction de briser le lien, voire d'interdire toute confusion entre le sujet et la réalité. Il s'agit pour le moi baudelairien de se distinguer de ce qu'il voit, de se désolidariser d'un spectacle qu'il réprouve et avec lequel il craint d'être confondu. L'exaspération haineuse vise alors à sau-

8. *Ibid.*, p. 282. Nous soulignons.

vegarder la pureté d'une subjectivité qui tend du même coup à se définir *contre* ce qu'elle refuse. Témoin, dans *Le Spleen de Paris* encore, la conclusion du poème intitulé « Un plaisant » dont les quatre premiers paragraphes ont illustré la stupide fatuité d'un bourgeois endimanché : « Pour moi, je fus pris subitement d'une incommensurable rage contre ce magnifique imbécile, qui me parut concentrer en lui tout l'esprit de la France.[9] »

Deux points au moins doivent retenir ici notre attention. À l'exception d'une expression, le récit de l'épisode du bourgeois souhaitant la bonne année à l'âne a été mené jusqu'au dernier paragraphe d'un point de vue impersonnel, comme on propose une anecdote dont le ridicule se dénoncera de lui-même. Or Baudelaire éprouve néanmoins le besoin d'indiquer son « incommensurable rage » devant le spectacle rapporté, comme si la distance objective par rapport à lui était impossible et qu'il doive nécessairement en être affecté. Le second point — qui se révèle la cause du premier — est l'allégorisation de l'action grotesque du bourgeois en concentré de « tout l'esprit de la France », c'est-à-dire en emblème d'un esprit dont l'imbécillité, agrandie aux dimensions de la nation, renvoie à l'élitaire « cerveau du solitaire le plus fort » l'image à la fois de son public et du fond sur lequel il s'agira pour lui de faire se détacher la souveraineté de son intelli-

9. *Ibid.*, p. 279.

gence. L'exaspération en question est d'abord une protection contre la contamination dégradante de cet esprit avec lequel le *je* se sent peut-être une familiarité, voire une complicité involontaires.

Cette première fonction de la haine, qui traduit déjà une certaine vulnérabilité, s'explique peut-être mieux quand on la situe dans le contexte intérieur du moi. L'attitude défensive du sujet face au spectacle rapporté traduit davantage qu'une simple susceptibilité. Elle rappelle combien ce sujet éprouve sa relation au monde comme le lieu d'une perpétuelle agression. Baudelaire sans doute ne serait pas Baudelaire sans de tels brusques mouvements de rage, mais cette rage, à son tour, révèle par son intensité même l'intensité de la menace contre laquelle elle tente de se défendre.

Une menace qui ne vise à rien de moins, en définitive, qu'à l'entière destruction du moi. Rien de plus éloquent en ce sens qu'un poème qu'on s'étonne de voir si rarement commenté : « Un voyage à Cythère ». Ce poème, inspiré d'un passage du *Voyage en Orient* de Nerval, à qui il était dédié dans le manuscrit, met en scène la description détaillée, pour ne pas dire complaisante, d'un pendu mutilé par des oiseaux charognards (vers 29-36) :

De féroces oiseaux perchés sur leur pâture
Détruisaient avec rage un pendu déjà mûr,
Chacun plantant, comme un outil, son bec impur
Dans tous les coins saignants de cette pourriture ;

Les yeux étaient deux trous, et du ventre effondré
Les intestins pesants lui coulaient sur les cuisses,
Et ses bourreaux, gorgés de hideuses délices,
L'avaient à coups de bec absolument châtré.

L'horreur de ce spectacle est encore rehaussée par sa localisation à Cythère dans l'île de Vénus, antique paradigme de la beauté et de l'amour. Or toute la raison d'être de cette description est de permettre l'identification du locuteur avec le pendu (vers 45 et vers 57-58) :

Ridicule pendu, tes douleurs sont les miennes !

Dans ton île, ô Vénus ! je n'ai trouvé debout
Qu'un gibet symbolique où pendait mon image...

Le sens de ce recours au macabre grotesque paraît double. Il s'agit d'abord d'imposer au lecteur l'image irrécusable, obsédante, d'un corps dont la chair meurtrie soit le témoin incontestable de sa souffrance. L'insistance sur la dégradation physique du pendu défère beaucoup moins à un goût de la provocation qu'au désir de charger l'identification qui va suivre d'une présence, d'un poids de réalité que l'esprit du lecteur ne puisse occulter trop vite. Une présence d'autant plus nécessaire qu'il s'agit de visualiser un sentiment aussi abstrait que celui de la haine dont Baudelaire se sent l'objet en tant que poète. Dans l'image du pendu, Baudelaire a donc métaphorisé la persécution dont il se sentait la victime sur le plan affectif et social et il a choisi d'incarner cette persécution dans des figures physiques et animales dont la férocité soit le signe tangible autant qu'inoubliable (vers 49-52) :

Devant toi, [...]
J'ai senti tous les becs et toutes les mâchoires
Des corbeaux lancinants et des panthères noires
Qui jadis aimaient tant à triturer ma chair.

Pareille identification a des précédents, et dans l'œuvre même. Le modèle de ce pendu, « Bénédiction » par exemple permet de le comprendre, est un modèle christique. Or si la figure du Christ renforce le pathétique de l'image du pendu, il s'en faut toutefois qu'elle parvienne à le sublimer en l'arrachant à sa condition mortelle. Comme nous l'avions suggéré, le « pauvre diable », cause de la nausée du poète, qui déchiffre en lui son propre destin, est avant tout une figure de la destruction.

Une destruction qui trouve son origine, il est temps de le noter, dans la constellation historique qui préside à cette pendaison. Si la menace que Baudelaire sent peser sur lui dénote une fragilité intérieure, celle-ci ne laisse pas simultanément de renvoyer à une situation extérieure dans laquelle se trouve réfléchie sa condition de poète moderne. Or cette condition est justement celle d'un exclu. Bien au-delà de l'anecdote de la vision du gibet, le voyage à Cythère a ici une fonction symbolique. Le choix de l'île de Vénus est significatif : la terre de la beauté, la terre de la déesse de l'amour, cette île « vénérée à jamais par toute nation » n'est plus qu'un « terrain des plus maigres », « un désert rocailleux ». La diminution ontologique que l'île semble avoir subie par rapport à son antique splendeur traduit aussi bien la situation de la modernité et du poète à l'intérieur de cette modernité[10]. Ce que le poème nous invite à comprendre, c'est que le discrédit qui semble frapper à Cythère même le culte de l'amour figure analogiquement le discrédit qui frappe le culte de la poésie dans la société française. En ce sens, le pendu devient le frère du poète qui, dans le poème précédent de la même section, « La Béatrice », se voyait raillé comme une « ombre d'Hamlet imitant sa posture », un « gueux » et même un « histrion en vacances » par une troupe de « démons vicieux/semblables à des nains cruels et curieux » allégorisant l'hostilité de la société à l'endroit du créateur.

L'allégorisation du pendu vise donc clairement à représenter la menace de destruction contre laquelle le *je* baudelairien se sent devoir lutter. Menace extérieure, tout d'abord, « réelle », si l'on veut, puisqu'elle aboutit à l'élimination physique du condamné, mais qui s'accompagne aussi d'une menace

10. *Cf.* sur ce point le poème « J'aime le souvenir... » et notre étude *la Mort Baudelaire*, Neuchâtel, La Baconnière, 1982, pp. 11-13.

plus intérieure ou plutôt qui se prolonge, qui retentit, qui se redouble en celle-ci. Devant la haine que la société lui manifeste, le *je* baudelairien a parfois beaucoup de peine à ne pas commencer lui-même à se haïr, à ne pas intérioriser la violence du jugement négatif qui le condamne et dont le corps dégradé du pendu de Cythère lui renvoie l'image avilie (vers 57-60) :

Dans ton île, ô Vénus ! je n'ai trouvé debout
Qu'un gibet symbolique où pendait mon image...
— Ah ! Seigneur ! donnez-moi la force et le courage
De contempler mon cœur et mon corps sans dégoût !

On aura noté dans ce quatrain final du poème un glissement significatif. L'apostrophe à Vénus, poursuivant la fiction de l'ensemble du poème, le recourbe vers la déesse qui, après tout, donnait à l'île sa particularité et son identité. Mais à l'avant-dernier vers, Baudelaire, délaissant le plan de la beauté et de la mythologie grecque, invoque brusquement un « Seigneur » qui n'est autre que le Dieu chrétien. Il y a, me semble-t-il, un sens profond à ce glissement. L'invocation au « Seigneur » intervient ici comme le recours à la seule transcendance susceptible de contenir et d'apaiser la *haine de soi* qui menace un sujet qui s'est précédemment reconnu dans les « infâmes cultes » et les « péchés » de l'éros du pendu. Le martyre du culte de Vénus devenant la figure du martyre du Christ offre au *je* le modèle d'une médiation grâce à laquelle il peut relativiser l'horreur de soi qui guette ce qu'on pourrait nommer, en empruntant l'expression à Hegel, le stade de sa « conscience malheureuse » (malheureuse parce qu'aliénée à l'image que les autres lui en renvoient). Cette identification de l'éros au Christ peut paraître surprenante, elle n'en est pas pour autant nouvelle. Si le monde de l'amour charnel connaît dans quelques poèmes une exaltation extatique — ainsi de « La Chevelure », du « Balcon » ou des « Bijoux » —, il reste articulé le plus souvent dans *Les Fleurs du Mal* selon l'axe péché/(espoir de) rédemption. L'éros, s'il est de manière fréquente le lieu de la conscience coupable, prend parfois, grâce à une sensualisation de la figure de Jésus, une dimension transcendante qui sert de contrepoids au sentiment d'une sexualité dégradée. C'est très tôt par exemple que Baudelaire, dans « Je n'ai pas pour maîtresse... », avait écrit à propos de Sara dite la Louchette (vers 17-24) :

Elle n'a que vingt ans ; sa gorge — déjà basse
Pend de chaque côté comme une calebasse,
Et pourtant me traînant chaque nuit sur son corps,
Ainsi qu'un nouveau-né, je la tète et la mords —

Et bien qu'elle n'ait pas souvent même une obole
Pour se frotter la chair et pour s'oindre l'épaule —
Je la lèche en silence avec plus de ferveur,
Que Madeleine en feu les deux pieds du Sauveur —

À tout le moins cette implication réciproque de l'éros et de la figure de la transcendance et de leur réintégration commune dans une dialectique de la haine se retrouve-t-elle à l'occasion d'un des poèmes les plus singuliers des *Fleurs du Mal*, « À une Madone ». L'intérêt de ce texte dans notre perspective, c'est qu'il permet de comprendre à quel point l'économie de la haine que nous cherchons à définir est liée la notion de *réversibilité* dont, comme l'on sait, Baudelaire a fait d'ailleurs le titre d'un autre poème.

Au départ de « À une Madone », on retrouve la position d'affliction mélancolique qui sous-tendait déjà la fin du « Voyage à Cythère » : le *je* y avoue vouloir bâtir un autel « au fond de [s]a détresse », dans « le coin le plus noir de [s]on cœur », à une Madone qu'il s'agit de soustraire au « regard moqueur » des curieux. Manifestement, ce désir de placer l'autel dans une position souterraine métaphorise le repli sur soi d'une subjectivité que l'hostilité ou la haine de son entourage recourbe sur le secret d'une intériorité dont la « détresse » indique la vulnérabilité. Un repli d'autant plus nécessaire, du reste, que la haine dont le sujet a été ou s'est senti la victime semble paradoxalement être à porter elle aussi au crédit de cette « maîtresse » devant laquelle il se retrouve en position de quasi-humiliation (vers 19-20) :

Je te ferai de mon Respect de beaux Souliers
De satin, par tes pieds divins humiliés...

La savante érotisation dont la Madone est l'objet procède d'abord d'un asservissement dans lequel il faut déchiffrer sans doute le signe de l'intériorisation d'un refus — le refus opposé au poète —, qui dans un second temps a été projeté sur une relation amoureuse devenue dès lors le miroir de la relation de ce poète à la réalité. Rien de plus éloquent en ce sens que l'humiliation qui est dite présider à l'idolâtrie de la maîtresse (vers 23-28) :

Si je ne puis, malgré tout mon art diligent,
Pour Marchepied tailler une Lune d'argent,
Je mettrai le Serpent qui me mord les entrailles
Sous tes talons, afin que tu foules et railles,
Reine victorieuse et féconde en rachats,
Ce monstre tout gonflé de haine et de crachats.

La perversion que connaît l'iconographie religieuse dans ces vers permet de mettre en évidence la position de soumission à partir de laquelle son étrange dévotion peut prendre son essor. L'édification de la statue se fait littéralement sur l'abaissement de ce « Serpent » servant de « Marchepied » à une « Reine » priée de le « fouler » et de le « railler » comme pour mieux assurer sa puissance. Or deux choses sont à remarquer à ce point. La première est la connotation sexuelle évidente du serpent, qui reprend d'ailleurs les allusions érotiques des vers précédents (« Ta Robe, ce sera mon Désir, frémissant, / Onduleux, mon Désir qui monte et qui descend, / Aux pointes se balance, aux vallons se repose »). La seconde est sa description en termes de « monstre tout gonflé de haine et de crachats ». L'humiliation à laquelle le poète se soumet procède donc, semble-t-il, du sacrifice d'une puissance sexuelle nourrie de haine que la dévotion sera amenée à purifier ou plutôt, comme l'indiquent les derniers vers de la première partie, à vaporiser en direction de l'Idéal.

Mouvement illusoire ou impossible, on le sait : la haine ne se laisse pas réduire de manière si aisée. Et du reste, les dés étaient pipés dès le départ. Le souterrain au fond duquel l'orant se proposait d'édifier sa statue n'était pas seulement un abri, mais encore une prison. Le manteau, taillé dans sa « Jalousie » et « doublé de soupçon », n'avait pas d'autre but que d'« enfermer [s]es charmes ». La magnification dévotionnelle était moins une célébration respectueuse que la maîtrise d'une image : réduite à l'immobilité et à la passivité d'une statue, la Madone ne peut, à son tour, que subir. L'« ex-voto » se découvre une manœuvre, une ruse, qui fait mieux comprendre la question que Baudelaire posait dans « Réversibilité » : « Ange plein de bonté, connaissez-vous la haine ? »

Servir, ici, n'est qu'un moyen de posséder. Avec violence, de surcroît. Car le renversement qui transforme la statue de reine ou de maîtresse en victime est logique. L'économie des sentiments qui a pénétré la nature même du « Désir » trouve son expression la plus rigoureuse dans l'arc qui se détend d'une sauvagerie prenant des allures de vengeance. « Mêler l'amour avec la barbarie » n'est ici que rendre manifeste une alliance qui existait en vérité depuis le début. Dans le déchaînement passionnel qui révèle l'essence cachée du désir, la victime devient bourreau — même si c'est un bourreau « plein de remords » —, l'idole devient victime, mais surtout la haine coïncide avec la volupté : les trois participes présents trisyllabiques qui scandent le meurtre final sont à la fois l'expression de la férocité du bourreau et les marques rythmiques d'une décharge qui se confond avec un orgasme (vers 43-44) :

Je les planterai tous dans ton Cœur pantelant,
Dans ton Cœur sanglotant, dans ton Cœur
ruisselant !

L'itinéraire de « À une Madone » est donc celui du double renversement de la maîtresse en une *mater dolorosa* transpercée par un Fils apostat et du célébrant soumis en sadique jubilant. Comme nous l'avons vu, ce mouvement peut être interprété comme la révélation progressive d'une haine d'abord tournée contre soi puis trouvant pas à pas son objet. Qui plus est, il se confond avec celui de l'art : tout le poème, y compris le meurtre final qui transforme la Madone en « Vierge aux sept glaives »[11], n'est aussi bien que le mouvement de constitution de l'« ex-voto » qu'il se proposait d'être dès son titre.

Or si cet art, nourri par la haine, se définit ici comme une volonté de maîtrise qui parvient à ses fins dans la mesure où elle asservit à son tour celle qui était posée au départ comme la « maîtresse », force est de constater que ce genre de réussite reste soumis à la réversibilité qui caractérise l'économie des mouvements intérieurs. L'agressivité dont Baudelaire faisait preuve à l'endroit de la Madone et que nous avons tenté de comprendre comme un mouvement d'affranchissement par rapport à une haine intériorisée (une haine dont il était l'objet) peut fort bien quitter cette position purement défensive pour se donner carrière d'une manière indépendante, quitte à provoquer des réactions en retour.

Telle est du moins la lecture que je voudrais proposer de quelques aspects de ce grand couple de poèmes que Baudelaire avait primitivement unis sous le titre de « Fantômes parisiens I et II » et que

11. *Cf.* à ce sujet le commentaire de Claude Pichois dans l'édition de la Pléiade, t. I, pp. 935-936.

l'on connaît depuis 1857 par ce qui était leur sous-titre respectif : « Les Sept Vieillards » et « Les Petites Vieilles ». Comme les commentateurs l'ont relevé depuis longtemps, l'unité de ces deux poèmes est fournie à la fois par leur site, Paris, par l'attention qu'ils vouent à des figures de vieillards et par leur commune dédicace à Victor Hugo auquel, du reste, le titre de « Fantômes » était emprunté[12]. Mais elle est fournie aussi, d'une manière plus secrète quoique non moins essentielle, par la logique interne et antithétique du regard qui y est posé sur la réalité. La difficulté à percer ce secret naît du seul fait que Baudelaire a vraisemblablement inversé, dans l'ordre de la publication, l'ordre de la logique intérieure qui articule les deux textes l'un à l'autre. Selon notre hypothèse, en effet, le point de départ de cette logique se trouverait dans l'implacable acuité du regard de ce poète embusqué « dans les plis sinueux des vieilles capitales » pour « guette[r], obéissant à [s]es humeurs fatales / Des êtres singuliers, décrépits et charmants ». L'attention tout à fait dénuée de complaisance que Baudelaire voue à ces petites vieilles qu'il n'hésite pas à qualifier de « monstres disloqués », de « marionnettes » ou de « pauvres sonnettes » permet sans doute de les faire surgir sur le fond de Paris avec une force plastique, un relief inconnus jusque-là dans la poésie lyrique française. Elle n'en témoigne

12. *Cf.* Léon Cellier, *Baudelaire et Hugo,* Paris, Corti, 1970.

pas moins d'une impassibilité privée de sympathie, d'une cruauté même — d'autant plus perverse, d'une certaine manière, qu'elle est plus sensible[13] — qui est comme le contraire de l'amour. Témoin de leur misère, le moi de Baudelaire se refuse au don que ces vieilles semblent appeler, soit qu'il se cantonne dans la distance d'un regard qui transforme ses objets en allégorie d'un drame impersonnel (strophes 6-8), soit même qu'il ne consente à s'approcher d'elles que pour réaffirmer avec d'autant plus de véhémence la différence grâce à laquelle il peut les surveiller et, faute plus grave encore, les utiliser (vers 73-76) :

Mais moi, moi qui de loin tendrement vous surveille,
L'œil inquiet fixé sur vos pas incertains
Tout comme si j'étais votre père, ô merveille !
Je goûte à votre insu des plaisirs clandestins...

Ainsi qu'Yves Bonnefoy l'a montré, ce que ces strophes donnent à lire, c'est une « écriture de soi, de soi seul, si même "multiplié" illusoirement par ces emprunts à ce qui est ailleurs la vie. Une ombre d'adhésion en fait le vice suprême. Là où le fils aurait dû agir, accomplissant le miracle, l'artiste

13. Sur cette impassibilité, Proust a dit l'essentiel. *Cf.* « Sainte-Beuve et Baudelaire », *Contre Sainte-Beuve,* Paris, Bibliothèque de la Pléiade, 1971, pp. 242-262. *Cf. supra* p. 190-191.

vient, père dérisoire.[14] » Est-ce aller trop loin que de voir dans cette « surveillance » ainsi que dans cette « paternité » douteuse l'expression d'une haine ou tout au moins d'une volonté de maîtrise aussi cruelle qu'à peine voilée, la « pâture certaine » des « avides conjectures »[15] d'une conscience cherchant un plaisir qu'elle sait « clandestin » parce qu'obtenu *au détriment* des victimes dont elle jouit ? L'hostilité s'est peut-être travestie en impassibilité poétique, c'est elle néanmoins qui guide le regard d'un sujet qui, après avoir avoué que son « cœur multiplié » jouissait de « tous [leurs] vices », semble prendre congé avec soulagement de ces vieilles.

Simple obéissance à ses « humeurs fatales » ? Simple abandon à ce goût de l'observation et de la conjecture qui définit le promeneur solitaire ? Baudelaire, en vérité, sait très bien qu'il s'agit là, avant tout, d'une *pose* dont le bénéfice poétique est à porter au débit de son capital moral. Et la preuve en est donnée dans ce second poème qu'il a voulu joindre au premier par une décision qu'il faut comprendre comme un aveu et dans lequel le même théâtre urbain qui le voyait « guetter » les petites vieilles le représente cette fois-ci, comme par un choc en retour, en proie à l'hostilité et à la haine non déguisées d'un vieillard devenu à la fois le frère

14. Bonnefoy, *loc. cit.,* p. 45.
15. Baudelaire, *loc. cit.,* t. I, p. 292.

et le vengeur des vieilles qu'il n'avait pas su aimer. Plus de « charmes » ici, plus d'« enchantements », mais la flèche soudaine d'une apparition qui vient frapper (et la forme de l'enjambement strophique mime l'impact de ce choc) la conscience solitaire du promeneur (vers 13-17) :

Tout à coup, un vieillard dont les guenilles jaunes
Imitaient la couleur de ce ciel pluvieux
Et dont l'aspect aurait fait pleuvoir les aumônes
Sans la méchanceté qui luisait dans ses yeux,

M'apparut.

À l'activité extatique et perverse de l'œil scrutateur a succédé la passivité impuissante d'un regard sur lequel c'est désormais la « prunelle trempée / Dans le fiel » du vieillard qui vient triomphalement s'inscrire. Et Baudelaire, même s'il cherche à s'en défendre en avilissant ce vieillard par des termes animalisants qui font de lui une caricature (« quadrupède infirme », « juif à trois pattes »), sait très bien au fond que l'étrange apparition n'est là que pour lui, et n'a de raison d'être que de l'humilier : « À quel complot infâme étais-je donc en butte ? », se demande-t-il en traduisant dans le sentiment de persécution qui l'assaille la vérité singulière, et donc intérieure, de l'apparition. Comprenons plus simplement qu'il est lui-même la source de ce « complot », et que ces « jumeaux centenaires », ces « spectres baroques » ne sont que la figure, multipliée elle aussi, de la haine qu'il portait en lui et que par un remords de conscience il a incarnée dans cette forme monstrueuse qu'est l'être sans amour auquel il est en proie. Et sans doute, Baudelaire, dans le temps même où la voix de la vérité ou de la nécessité élabore en lui ce second volet du diptyque, ne sait pas que ce vieillard vengeur, c'est lui qui s'en inflige la rencontre, sauf qu'il prête à celle-ci un caractère hallucinatoire, marqué au coin du « mystère » et de l'« absurdité » qui témoigne de la nature intérieure, et pour tout dire morale, de sa réalité. « Spectre », ce vieillard est surtout un « revenant » : la figure du retour, de la revenue de cette haine qui avait commencé par s'élancer de l'œil du poète.

Qui s'en élançait dans un mouvement qui était lui-même apparemment le résultat conjugué d'une adhésion et d'un refus. Car le laconisme des « humeurs fatales » ne suffit guère à rendre compte de l'intérêt que Baudelaire prend en fait aux petites vieilles. Celles-ci ne sont pas une « pâture » indifférente offerte au regard du guetteur parmi les autres personnages qui traversent la scène parisienne. Elles sont au contraire sa « famille », des « cerveaux congénères » dans lesquels il reconnaît, là est la clef de leur élection, les doubles vieillis de sa propre identité. Dans ces « ruines » vivantes — qui rappellent le rêve prémonitoire « symptôme de ruine »[16] — se dessine la figure extériorisée de l'usure, de la fatigue de Baudelaire lui-même. Or cette identification, qui s'opère de manière irrésistible, et qui permet de comprendre la sympathie qu'il éprouve pour ces vieilles, lui est en même temps insupportable en ce qu'elle le confirme dans une image de victime qu'il ne peut que refuser : quel destin pourrait-il rester à cet Adam, rêvant d'une puissance qu'il a perdue, au milieu de ces « Èves octogénaires, / Sur qui pèse la griffe effroyable de Dieu » ? Les deux derniers vers du poème sont beaucoup moins le lieu d'une compassion que l'expression d'un ressentiment adressé à des mères dont le « cœur saignant » lui rappelle d'une manière trop lisible ses propres douleurs.

Car en définitive, l'économie de la haine est avant tout cela : une manière de protéger, de sauvegarder, fût-ce de la destruction d'autrui, une image de soi que le poète puisse accepter aussi bien sur le plan de son avenir personnel que sur celui de l'avenir de son œuvre. Une manière de tenir à distance ce qui, dans le réel, vient s'opposer à l'affirmation de soi.

Une distance d'autant plus nécessaire, au demeurant, que cette résistance du réel est attisée, comme en proportion, par la dimension en quelque sorte infinie qui gouverne le désir démiurgique du sujet baudelairien. S'il est vrai, selon *Les Paradis artificiels*, que le hachisch ne développe en celui qui

16. *Ibid.*, p. 372.

l'absorbe « absolument rien que le naturel excessif », on n'oubliera pas pour autant que l'exaltation de ce naturel due à la drogue ne le mène à rien de moins qu'à affirmer sa propre divinité : « Personne ne s'étonnera... qu'un cri sauvage, ardent, s'élance de sa poitrine... : "Je suis un Dieu !" »[17]. C'est à partir de cette ambition démiurgique — proclamation à la fois ivre et enthousiaste de la dimension créatrice — qu'il faut selon nous situer le sens de la haine. Comme Rimbaud et Mallarmé sauront le comprendre, Baudelaire est celui qui, le premier parmi les modernes, a voulu donner à l'acte poétique l'autonomie radicale d'une « voyance » qui sût créer « toutes les fêtes, tous les triomphes, tous les drames » pour telle apothéose de l'esprit qui imposât le pouvoir de celui-ci sur l'inertie de la matière. Et c'est parce que chez lui la tension vers l'altitude euphorisante du ciel esthétique fut si forte qu'elle eut à rencontrer et à heurter l'obstacle, grandi dans les mêmes proportions, d'une réalité que la haine, dans un sursaut de révolte, chercherait alors à désintégrer. La vraie grandeur de Baudelaire, dès lors, est peut-être moins d'avoir maintenu son désir d'infini en dépit de l'obstacle que d'avoir fait de ses poèmes le théâtre même où cette lutte était représentée aussi bien dans ses triomphes que dans ses échecs, aussi bien dans l'espoir ou même la jouis-

17. *Ibid.*, p. 437.

sance de la béatitude que dans la rage haineuse, « atroce », sans fond comme le « tonneau des pâles Danaïdes », de la défaite.

POUR CONCLURE

Est-il possible, en définitive, de formaliser, grâce à la psychanalyse, les rapports entre la subjectivité existentielle et la subjectivité littéraire ? Le moment est-il venu de tenter une théorie littéraire de l'inconscient ? La réponse, on s'en doute, ne peut être que nuancée. Non seulement l'état présent des études portant sur ce sujet est encore loin d'autoriser une telle ambition, mais les données mêmes de la question incitent à la prudence.

L'étude psychanalytique de la littérature est fondée, comme le sont les autres modes d'étude, sur la mise en œuvre d'une relation. La spécificité de celleci, dans le cas particulier, est qu'elle unit plusieurs termes. Bien loin de se réduire au seul rapport de l'auteur à son texte, cette relation met en jeu au moins trois pôles de complexité.

Le premier de ces pôles est celui de l'auteur. L'auteur, qui porte un nom et qui signe l'ouvrage, est cependant en lui-même déjà une réalité plurielle.

Pour ne rien dire de la différence en lui entre son identité sociale et son identité d'écrivain (la personne que je rencontre et celle qui écrit), cette dernière ne laisse pas de se ramifier selon des lieux intérieurs qu'on ne peut unifier de manière trop homogène.

Aussi bien peut-on se demander pour commencer quelle est la source de l'écriture. Le désir d'une reconquête fantasmatique de la mère, comme nous l'avons suggéré dans notre premier chapitre ? Le désir de réparer une faille narcissique archaïque ou de prendre sa revanche, au plan d'une activité symbolique, objet de maîtrise, sur une situation de dépossession infantile où les satisfactions hallucinatoires se heurtaient trop tôt à l'insatisfaction douloureuse des besoins ? La tentative de surmonter une culpabilité liée au meurtre fantasmatique des parents rêvé dans le « roman familial » de l'enfant et répété par le choix même de l'écriture — quitte à ce que celle-ci cherche à apaiser cette culpabilité en l'inscrivant dans l'œuvre comme la mauvaise conscience de l'écrivain ou comme le deuil des personnes chères ? Ou plus simplement une richesse affective trouvant dans l'élaboration du langage une issue acceptable à la constitution pulsionnelle anarchique de l'auteur ? Quelle que soit la réponse qu'on adopte — et il n'est pas difficile d'en imaginer plusieurs autres —, elle procédera nécessairement, aussi, de l'inconscient. Mais si la source de l'écriture est inconsciente, et si donc l'auteur ne sait pas, au-delà des rationalisations qu'il peut en donner, pourquoi il écrit, pour quelle raison la force inconsciente qui l'habite choisit-elle de s'innerver en écriture ? Sans doute, comme nous l'avons posé, l'espace spécifique du langage a-t-il ceci de particulier d'être un espace à égale distance de la présence et de l'absence du monde auquel on réfère, de ceux dont on parle, voire de soi-même. Comme l'objet transitionnel de Winnicott, il est à la fois intérieur et extérieur à celui qui le mobilise. Cette transitionnalité s'offrira d'autant plus facilement à la poussée inconsciente, comme nous l'avons vu, que les relations primordiales de l'*infans* auront été fortement investies sur le plan verbal. Mais en même temps la déformation que la pulsion inconsciente doit nécessairement subir pour être véhiculée à la conscience, et notamment sa liaison au langage, n'est-elle pas le meilleur garant de cette structure paradoxale, certes, mais révélatrice de l'économie psychique, selon laquelle le choix de l'écriture correspondrait chez l'auteur à une *volonté de ne pas savoir* ? Ou plutôt à un moyen terme lui permettant *à la fois de savoir et de ne pas savoir* ? Après tout, si l'on se place dans la perspective de l'écrivain, et non dans celle de la raison esthétique qu'il poursuit, qu'est-ce qui justifierait le recours à tout l'appareil affabulatoire que la littérature met en jeu, sinon le désir de [se] déguiser une intentionnalité inconsciente inavouable comme telle ? Déguisement, certes en partie transparent, mais pas trop, permettant à la fois l'assouvissement du désir de savoir et sa suspension ou plutôt son diffèrement dans le plaisir par lequel, une œuvre s'achevant, l'auteur cherche aussitôt laquelle lui donner pour suite.

Bien entendu, les choses ne sont jamais aussi simples. Et pour commencer, le désir inconscient n'est pas, de manière univoque, une signification qu'il s'agirait de masquer pour la rendre méconnaissable. Si intense soit-elle, une pulsion est toujours déjà liée à une représentation, elle est donc toujours déjà en elle-même une force dont le visage ne peut être saisi qu'à travers le relais de ses tenant-lieu. Ce qu'on nomme les fantasmes. Aussi bien, la représentance du désir n'est-elle pas à chercher ailleurs que dans le mouvement de sa délégation ou, si l'on préfère, de ses métamorphoses. Il y aurait donc ainsi une sorte de compatibilité de nature entre la pulsion inconsciente et l'indirection de ses représentations, qui rendrait compte de ce qu'on peut nommer l'appétit anthropologique de la fiction. L'appétit de fiction ne serait que l'appétit de repérer la dimension pulsionnelle inconsciente, étant entendu que celle-ci ne se livre que dans le jeu d'un destin qui l'oblige à se lier, et donc à se donner masquée. Or dans la mesure où le langage est, par essence, le lieu de déploiement naturel de la fiction, le choix de l'écriture pourrait correspondre à un désir de trouver cette vérité inconsciente, quitte à ce que cette découverte reste empreinte de l'indirection de son mode de révélation. Mobilisant son organisation et son histoire affectives, l'écrivain entrerait ainsi dans une activité de connaissance / méconnaissance qui serait le propre du type de secondarisation que l'œuvre de langage permet.

Du coup, celle-ci devient la dépositaire de sa complexité intérieure. Si les processus inconscients sont à la source de l'écriture, ils sont aussi à son terme. La question ici est celle des rapports entre les niveaux d'intentionnalité du texte. La finalité première d'une œuvre — d'une œuvre littéraire véritable — est une finalité esthétique. Comme le disait Baudelaire : « La poésie, pour peu qu'on veuille descendre en soi-même, interroger son âme, rappeler ses souvenirs d'enthousiasme, n'a pas d'autre but qu'Elle-même ; elle ne peut pas en avoir d'autre, et aucun poème ne sera si grand, si noble, si véritablement digne du nom de poème, que celui qui aura été écrit uniquement pour le plaisir d'écrire un poème.[1] » Jusqu'à récemment dans l'histoire des littératures européennes, cette finalité esthétique s'est actualisée dans le respect des formes fixes (poétiques, théâtrales, narratives) auxquelles étaient confiés à la fois le souci de la beauté visée et l'articulation du sens intentionné. Il suffit de lire la correspondance privée des écrivains au moment où ils sont en train d'écrire, ou, de façon plus éloquente encore, de suivre les remaniements qu'ils

1. Baudelaire, *Œuvres complètes,* Paris, Bibliothèque de la Pléiade, 1976, t. II, p. 333.

apportent à leurs manuscrits pour voir comment cette finalité *commande* au sens de l'entreprise d'écrire.

Mais qu'est-ce que cette beauté, de son côté ? Comment comprendre qu'elle prenne, pour tel auteur, à tel moment, *cette forme-là,* et non pas une autre ? Les déterminants mêmes du Beau n'appartiennent-ils pas eux aussi à l'ordre de l'éros, que les formes poétiques ne feraient que sublimer ? Après tout, si le Beau n'était le dépositaire du désir, comment comprendrait-on le mythe du *Banquet* ou celui de Pygmalion ? Et si l'œuvre est de l'éros surdéterminé, comment pourrait-elle ne pas laisser affleurer, dans les formes de cette surdétermination, les traces du désir inconscient ? Reste alors à spécifier les modes de cet affleurement. Nous en distinguerons trois. La forme la plus commune est celle de l'*intégration* : le niveau manifeste, conscient, esthétiquement prévalent du texte se redouble d'un niveau latent qui s'articule sur lui en suivant les voies d'une figurabilité à double sens. Lorsque, dans le petit dizain des *Fleurs du Mal* qui rappelle la période de son enfance passée à Neuilly avec sa mère, tout de suite après le décès de son père, Baudelaire évoque la « Pomone de plâtre » et la « vieille Vénus » du jardin de la maison, puis les longs repas pris en silence devant la baie vitrée où se brisaient les rayons du soleil couchant, la mise en place du souvenir s'ordonne en un tableau composé auquel l'unique phrase du poème donne une allure d'idylle crépusculaire dont la tonalité, à la fois paisible et intériorisée, forme un contraste bienvenu avec les accents plus déchirés de tant d'autres pièces des *Tableaux parisiens*. La finalité descriptive et esthétique du dizain est pleinement atteinte, l'évocation rétrospective est focalisée par la distance discrète d'un pronom à la première personne (« Je n'ai pas oublié... ») qui, certes, ne laisse pas de renvoyer au signataire du recueil, mais sans en dévoiler pour autant l'intimité.

Si, toutefois, fort de la lettre du 11 janvier 1858, par laquelle Baudelaire désigne ce poème à l'attention de sa mère, on s'avise de la constellation familiale qu'il rappelle, il n'est pas difficile de reconnaître dans la « Pomone de plâtre » et la « vieille Vénus » qui « dans un bosquet chétif cach[ent] leurs membres nus » une figuration de la double vocation nourricière et amoureuse de la mère, et dans le soleil couchant qui « semblait... contempler nos dîners longs et silencieux » depuis « derrière la vitre » le rappel de ce père à la fois infiniment éloigné et proche par ses rayons. Le poème reconstituerait ainsi — comme nous l'avons montré ailleurs[2] — la situation œdipienne infantile qui garantit au jeune Charles la possession quasi exclusive d'une mère qu'il dira avoir passionnément aimée et qui ne lui avait pas encore infligé le désa-

2. « Baudelaire : entre la faute et l'extase », *Les Phares*, 2, 1990 (à paraître).

veu impardonnable de son second mariage. Ce niveau « archéologique » du texte est à tel point intégré dans le niveau littéral qu'il peut rester invisible derrière celui-ci sans que le poème ait à souffrir de la moindre perte de sens ou de valeur. Le relief plastique de cette Pomone et de cette Vénus est inséré de manière assez convaincante dans l'espace du jardin de la maison pour constituer un élément de décor autonome et, quant au ruissellement du soleil couchant, le dizain lui donne, tant sur le plan syntaxique que sur le plan phonique, une présence telle qu'elle fait de lui quasiment l'acteur principal du souvenir. Il n'est donc nul besoin de lire dans « Je n'ai pas oublié... » la figuration d'un équilibre œdipien archaïque. Il n'en est nul besoin, n'était que la *raison d'être* du souvenir, du « Je n'ai pas oublié », demeurerait sans doute indévoilée si l'on faisait l'impasse sur cette lecture. Pour le dire en d'autres termes, l'autonomie du dizain, qui ne fait aucun doute sur le plan poétique, ne peut rendre compte de sa forme remémorative dans la mesure où celle-ci trouve sa source dans un niveau de détermination inconsciente qui est aussi, on peut du moins le supposer, la raison d'être du poème lui-même : tant la forme de remémoration que la coloration affective du moment évoqué doivent leur origine à l'équilibre affectif que le texte retrace et qui contraste avec le déséquilibre inharmonieux de l'existence de son auteur au moment de sa rédaction.

On peut penser que ce premier mode d'intégration est aussi le plus répandu, et cela de par une raison facile à comprendre. Le langage étant un milieu propice à la surdétermination en tant qu'il est le milieu naturel de la signifiance, l'intégration des niveaux de sens différents peut s'y réaliser sans que l'unité du niveau littéral soit troublée. Du coup, la compatibilité des différentes instances psychiques cesse d'y faire problème grâce à l'autonomie que les différents niveaux entretiennent les uns par rapport aux autres : le régime de surdéterminations qui gouverne la vie psychique avec ses cloisonnements peut se transposer ainsi dans la vie du texte. Cela d'autant plus, d'ailleurs, que sont à sa disposition, pour cette « translation », les mêmes mécanismes que ceux qui prévalent dans la formation du rêve : la condensation, le déplacement, le recours aux symboles, l'élaboration secondaire. Non pas, bien sûr, que tout texte littéraire soit à considérer en tant que tel, et sans distinction, comme l'équivalent d'un rêve [3]. La comparaison porte ici sur le travail de *déformation* et de *refiguration* qui, dans un cas

3. Il y aurait lieu toutefois de s'interroger sur une convergence remarquable : la foi que le lecteur ajoute si spontanément au récit ou au drame fictif qu'il se donne pour objet, ce que Coleridge nommait, dans sa formule célèbre, la mise entre parenthèses volontaire de la défiance (« willing suspension of disbelief ») ne procéderait-elle pas de la foi ajoutée au rêve par le rêveur ? Le rêve, en d'autres termes, ne serait-il pas le prototype de la fiction ? L'appétit anthropologique de fiction trouverait dans cette hypothèse une réponse à la fois logique (structurale) et chronologique (puisque les rêves sont les premières fictions qui sont données à chacun).

comme dans l'autre, règle les processus de représentation. Pour prendre un exemple banal, le clivage de l'image maternelle en bonne fée et en sorcière dans les contes n'est que le cas le plus simple et le plus extrême du processus de division qui affecte si souvent la représentation d'une ambivalence interdite (parce que scandaleuse). Inversement, les conventions du genre littéraire donné — ici celles du genre des contes — viennent comme on le voit pour ainsi dire d'elles-mêmes au-devant de la représentation inconsciente en lui offrant une forme — ici celle de la polarité bon/mauvais — propice à son déguisement. Il ne serait pas difficile, sans doute, d'assigner comme origine à certaines conventions génériques ou du moins à certaines constantes littéraires une « parenté » particulière entre elles et les processus typiques de la représentation du rêve.

Le second mode de l'affleurement de l'inconscient est celui... de l'*exclusion*. Il faut s'expliquer sur cette formule paradoxale. Toute œuvre est le fruit d'une sélection. C'est même cette sélection qui lui donne sa nature particulière. La sélection peut être plus ou mois large — un Pétrarque, un Racine, un Mallarmé sélectionnent à l'extrême, un Rabelais, un Shakespeare, un Hugo, de manière très lâche, au contraire —, elle n'en est pas moins toujours constitutive. Arbitraire en son essence — l'auteur est absolument libre de choisir ou de retenir les éléments qu'il veut, au détriment de tous les autres, et cette liberté est la liberté même de l'art —, la sélection ne trouve sa motivation que dans la forme précise de l'œuvre aboutie. Celle-ci, toutefois, si réduite soit-elle, ne peut proposer une image de la réalité sans actualiser le jeu des oppositions paradigmatiques grâce auxquelles est assuré le fonctionnement de la langue. Aussi bien, l'absence, dans un texte, d'un des termes d'une telle opposition au regard de la présence de l'autre ne peut-elle manquer de faire sens. Un exemple éclairera notre propos. Tous les lecteurs de Stendhal savent que Julien Sorel est le fils cadet d'un charpentier illettré qui ne songe qu'à se débarrasser de lui, et qu'il a deux frères qui le battent à chaque occasion. Si brefs que soient les passages que le narrateur consacre à la peinture du milieu natif de Julien, ils suffisent à faire prendre conscience au lecteur de la modestie de ses origines : l'ambition du jeune homme s'en trouvera éclairée comme découlant d'un désir d'émancipation bien légitime, ainsi que la distance sociale qu'il aura parcourue quelques mois après son arrivée à Paris, dans la seconde partie du roman.

Ce qui est donc exclu, dans le cas de Julien, c'est sa mère. Pas un mot sur sa disparition, pas une phrase, du narrateur ou du héros, pour déplorer sa perte. La mère de Sorel n'existe pas. Pareille absence ne va pas de soi. Là où il aurait suffi de quelques mots pour signaler le mode de son décès, voire pour dire son peu d'importance, le silence du texte confère à une telle disparition un sens d'autant plus éloquent qu'il reste latent.

Interprétée au niveau du roman, l'absence de la mère de Julien[4] aura pour conséquence, on peut du moins en faire l'hypothèse, le penchant pour cette figure maternelle de substitut que sera Mme de Rênal, voire la tranquillité avec laquelle il jouit d'elle dans la prison de Besançon, tout à la fin du livre, en attendant d'être exécuté. Tel serait, si l'on peut dire, « l'inconscient » du héros. Reste alors à déterminer les rapports de cet « inconscient » avec l'inconscient de l'auteur. À comparer le destin de Julien à celui d'Octave, dans *Armance*, de Fabrice, dans *La Chartreuse de Parme* ou de Lucien dans *Lucien Leuwen* — trois récits où la mère joue, à l'inverse, un rôle positif et chaleureux —, l'absence de Mme Sorel peut revêtir sans peine le sens d'un contre-investissement ou, si l'on préfère, d'une mise en évidence négative venant signifier un attachement réel trop intense. Au besoin, la passion confessée pour Henriette Gagnon dans la *Vie de Henry Brulard* confirmerait cette hypothèse d'une exclusion comme signe renversé et inconscient d'un investissement très profond.

Le troisième mode, on peut le nommer celui du *reste*. La finalité esthétique ou poétique d'une

4. Au-delà d'une très furtive allusion aux *Confessions* de Rousseau désigné au chapitre V comme l'un des trois seuls livres auxquels Julien prêtera jamais foi : Jean-Jacques y raconte comme on sait que sa mère mourut en lui donnant le jour.

œuvre est par essence presque toujours totalitaire, c'est-à-dire qu'elle est articulée de manière à prendre en charge l'ensemble des éléments que le texte met en jeu. Traduite en d'autres termes, cette volonté hégémonique peut être comprise comme l'expression du désir de maîtrise que la conscience cherche à exercer sur la totalité de l'appareil psychique. Il arrive toutefois qu'au niveau de l'interprétation, tout au moins, certains éléments du texte demeurent pour ainsi dire sans emploi, voire dans un rapport de contradiction avec les éléments majeurs de l'œuvre. Rien n'empêche, dès lors, de voir dans cette contradiction ou dans cette absence d'emploi la marque d'une intentionnalité inconsciente qui n'a pas réussi à s'amalgamer entièrement à la finalité littéraire. Les commentateurs se sont ainsi souvent étonnés de la tonalité festive, voire triomphante, de la dernière page de *Germinal*. Dans ce roman qui narre la défaite d'une grève aussi longue que cruelle, le chant d'allégresse que la nature semble entonner dans cette page ultime fait l'effet, sinon d'une fausse note, du moins d'un renversement bizarre. En vérité, cette « germination » printanière, qui donne son titre à l'œuvre, peut fort bien passer pour la marque laissée au niveau manifeste du texte par la représentation inconsciente agissante à son niveau latent : la germination de la terre sous le soleil d'avril figurerait ainsi la fécondité issue des noces mortelles d'Étienne et de Catherine au fond du Voreux et, à travers cette image, la représentation zolienne d'une sexualité exigeant, pour aboutir à la vie, la mort ou plus exactement le sacrifice du principe féminin associé au cycle de la reproduction.

Ces trois modes, qui n'en excluent pas d'autres, ont tous un point commun, qui est de laisser affleurer les processus primaires dans les processus secondaires. On peut voir là, du reste, l'une des origines du pouvoir de fascination de la littérature aussi bien que l'une des tendances actuelles qui gouvernent notre façon d'évaluer celle-ci. La valorisation que nous accordons aux œuvres qui s'approchent du rêve ou qui cherchent à représenter la folie en témoigne : c'est bien à l'*autre scène* que va notre intérêt. L'écrivain est pour nous celui qui sait s'ouvrir à cette autre scène, puis qui, sans la réduire ou la refouler, parvient à la superposer à la scène ordinaire de notre conscience. S'il ne saurait être question de nier la part organisatrice que cette conscience prend, de façon nécessaire, à l'élaboration d'une représentation qui, sans elle, resterait chaotique, il ne saurait être davantage question d'oublier que c'est le monde des pulsions régnant dans ce chaos qui donne son sens à l'existence même de cette organisation. Le sujet au miroir de ses passions n'est donc que le sujet penché sur le miroir de ses pulsions. Entre les pulsions et les passions, la littérature intercale depuis toujours la surface doublement réfléchissante d'un langage qui a, en même temps, la fonction d'un trait d'union.

NOTE BIBLIOGRAPHIQUE

« Mythes du sujet » a paru, dans une version un peu différente, dans le volume collectif *L'Autobiographie*, VIes Rencontres psychanalytiques d'Aix-en-Provence, Paris, Les Belles-Lettres, 1988, pp. 135-169.

« D'une solitude à l'Autre » a paru dans *La Nouvelle Revue de psychanalyse*, 36, 1987, pp. 109-121.

« L'Économie de la haine » a paru dans *Les Fleurs du Mal, l'intériorité de la forme,* Paris, SEDES, 1969, pp. 149-159.

TABLE DES MATIÈRES

CET OUVRAGE
A ÉTÉ REPRODUIT
ET ACHEVÉ D'IMPRIMER
PAR L'IMPRIMERIE FLOCH
À MAYENNE EN SEPTEMBRE 1990

N° d'impression : 29854.
Dépôt légal : octobre 1990.

7432